죽어서 삼일

죽어서 삼일

이의 수필집

좋은땅

어설픈 수필 인생의
일장 일막

올겨울은 춥지 않으려나? 웬걸 새해로 접어들자 올랐다 내렸다 널뛰기 날씨다. 재작년에 느닷없이 들이닥친 고약한 질병이 추위라면 질색이다. 여름에도 매트를 켠다. 겨울이 추우면 옷을 껴입으면 된다고, 여름보다 겨울이 좋다가 헛소리가 되었다. 허리 협착으로 좋다는 것은 다 해 봤지만, 수술만이 답이랬다. 그래도 단 운동센터에서 배운 절 운동 매일 한 시간씩 2개월 만에 완치했는데, 중풍은 1년 반이나 되었어도 후유증은 여전히 진행 중이다.

나이가 무슨 상관이야. 괜찮다고 큰소리 친지가 얼마나 됐다고, 문자표가 필요해 찾으려니 무엇을 어떻게 눌러야 할지 기억이 절벽이다. 매일 겪는 일인데 오늘 더 화가 나는 건 내 애장품 모자를 잃어서다. 버스에서 후덥지근해 벗어서 가방에 넣었다고 생각했는데, 집에 와서 확인하니 오리무중이다. 옆집 분의 도움을 받아 찾긴 했다. 그런데 나를 내가 못 믿겠으니 어쩌면 좋을까?

수필은 아무나 쓰는 것이 아니란 걸 뼛속까지 절감하면서도 끌려왔는데, 늦었지만 이젠 내려놓을 때가 되었지 싶다. 원래 예술이란 선천성 자질을 타고나야 한다고 생각한다. 자갈밭에 씨앗 뿌린들 제대로 된 열매 수확할 수 있을까? 하고 절망하면서도 수필공부는 꾸준히 했다. 그렇다고 아무나 할 수 있는 분야가 아닌 것을 알면서도 문인들과의 분위기가 좋아서 휩쓸리다 보니 여기까지 왔다. 소중한 사람들과의 인연은 말년이 행복해 주님의 축복이지 싶어 감사할 뿐이다.

첫 번째 수필집은 등단하고 2년 만에 고희를 맞아 아이들 권고에 겸사겸사 부끄러움을 무릅쓰고 출판을 했다. 나의 이름으로 된 첫 책이라선지 다끈따끈한 책을 안은 그 순간 마음만은 뿌듯했다. 두 번째 수필집 '오이밭의 새 둥지'는 5년쯤 되어 문예 진흥기금의 혜택으로 부족한 작품이지만 용기를 내어 수필집을 출간했다.

전주로 오기 전에는 주말마다 서울서 멀지 않은 고향 광주에서 형제들과 주말 농사에 푹 빠졌다. 자연과 마주하며 기후위기에 관심이 커졌다. 《오이밭의 새 둥지》도 기후위기의 일원이다. 살충제와 화학비료를 전혀 사용하지 않고 퇴비만으로 농사를 지으니, 뱀이 똬리를 틀고, 두꺼비가 둑에서 울고, 2차선 도로 옆 밭 오이 넝쿨에 새 둥지를 트는 일이 일어났다. 지금 전주에서도 지구 온난화에 도움 되는 일이라면 최선을 다하고 있다. 그런 연유로 기후위기에 관한 수필도 몇 편 보탰다.

10여 년 만에 세 번째 수필집을 내려니 주눅이 든다. 옆에서 부추긴다고 변명 같은 핑계가 내가 생각해 봐도 부끄럽다. 작품을 찾아보니 10년 동안 허송세월 보낸 티가 난다. 하는 수 없어 수필 시작점서부터 뒤져 건져 올려 다듬고, 2024년 후반에 어설픈 글 몇 편 보태 책을 엮어 봤다. 그래도 수필 인생을 마무리하는 시점이니 이 방법이 최선이라고 생각하련다. 노인은 나이만 더하지 않고 익어 간다는데, 나는 설익어 가는가 보다. 몸도 마음도 늙어 가는지 아무런 생각이 없이 지냈다. 그나마도 놓고 갈 뻔한 것들을, 주위에서 거들어 준 분의 도움이 있었기에 마지막 수필집 출간의 기회가 되어 감사할 뿐입니다.

항상 따뜻이 감싸 주시는 문우님 여러분 고맙습니다.

사랑하는 가족에게도 항상 감사합니다.

2025. 1. 5.

차례

1부

그리움은 인간의 향기
(길상사를 돌아보고)

한겨울의 해는 왜 그리도 서두르는지. 설핏한 햇빛은 아궁이에 꺼져 가는 잿불처럼 어설프다. 언젠간 가 봐야겠다고 벼르기 얼마 만인가. 한 갑자 넘도록 서울서 살았으면서도 성북동에 인연이 없어 발자국을 찍은 적이 없다. 서울 올라온 김에 애면글면 찾아왔다. 일주문에는 '삼각산 길상사'라는 현판이 높직이 걸려 있다. 여느 일주문과는 다르게 팔작지붕에 화려한 단청이 눈에 띈다. 문득 요정 '대원각'이라는 이름으로 불릴 적의 대문은 어떠했을까? 지금은 누구라도 들어가 청정한 도량을 거닐 수 있지만, 요정의 대문은 아무나 들어갈 수 없다는 듯이 굳게 닫혀 있었으리라.

길상사라는 사찰 이름도 낯설게 들린다. 언뜻 들으면 도소매를 겸하는 시장통의 큰 상점 이름 같다. 하지만 길상사라고 명명한 데는 깊은 의미가 있지 않을까? 자그마치 천억이 넘는 대원각을 송두리째 법정 스님에게 시주한 김영한의 법명은 길상화다. 아마도 사찰명이나 그녀의 법명에는 평화와 행복을 추구하는 불교의 가르침을 포옹하고 있으리라.

길상사의 일주문을 들어서니 추운 날씨에도 불구하고 방문객이 꽤 보였다. 정면에는 단청이 화려한 누각에 범종이 보이고, 오른쪽으로는 종교 간의 화해와 염원이 담겨 있다는 성모상을 닮은 듯한 아름다운 관음보살상이 서 있었다. 경내의 구도가 오밀조밀해서인지 절은 절인 데 사찰 같지 않으면서 개방된 친근한 느낌이다. 왼쪽으로 비스듬한 길을 따라 오르다 보니 작은 계곡에 물이 졸졸 흐르고 있었다. 그 위에는 나무다리가 걸려 있고 건너편 편편한 곳에 시주 김영한의 공덕비가 있었다. 공덕비 옆에는 김영한 보살에 대한 공덕비의 내력이 적혀 있고, 백석(본명 백기행)의 시 "나와 나타샤와 흰 당나귀"가 적혀 있었다. 아무런 설명도 없지만, 김영한의 백석에 대한 순애보가 애달프게 가슴에 젖어 들었다.

가난한 집안에 태어난 김영한은 15살에 시집을 갔다. 그러나 병약한 남편이 죽자, 먹고 살기 위해 한성 권번의 기생이 된다. 그녀는 미모를 겸비한 다재다능한 기생으로 태어난다. 그렇게 생활이 안정되자 그녀는 23세에 일본으로 유학길에 오르지만, 그의 스승이 투옥되었다는 소식에 함흥으로 면회를 하러 갔지만 만날 수가 없었다.

그녀는 깊은 생각 끝에 함흥기생이 된다. 그런 어느 날 함흥 영생여고 회합 자리에서 백석을 만난다. 훤칠한 키, 수려한 용모, 풍부한 학식, 말솜씨조차 유창한 영어교사를 보는 순간 그만 사랑에 빠지고 말았다. 그렇게 그들은 평생 사랑하는 연인이 되었다. 자아라는 아명으로 부르며 동거생활을 시작했지만 완고한 백석 집안의 반대로 백석은 만주로 떠나야만 했다. 세월은 흘러 해방이 되자 백석은 고향인 함흥으로 돌아오지만 자아는 이미 서울로 돌아간 뒤였다. 남북 분단의 38선은 그들에게 가슴 저린 영원한 이별을 가져왔다.

그녀는 1953년 중앙대 영문과를 졸업하고 오로지 재산을 모으는 데 전력을 다하더니, 서울의 3대 요정 중의 하나인 대원각 주인이 되었다. 그렇게 오랜 시간이 흘렀어도 그녀는 한 순간이라도 백석을 잊은 적이 없었다. 그녀는 백석의 생일날인 7월 1일이면 금식을 했다고 한다. 그녀의 애달픈 사랑은 세월과 더불어 더욱더 깊어만 갔던 모양이다. 그녀는 1997년 2억 원을 출연해 "백석 문학상"을 제정하였다. 그리고 "백석 내 가슴속에서 지워지지 않는 이름"이라는 회고록을 출간했다.

　나이가 들어 주변을 정리할 때가 된 수필가이기도 한 그녀는 법정 스님의 무소유를 읽고서 대원각을 시주하게 됐다고 한다. 그녀가 법정 스님에게 대원각을 시주할 뜻을 전했으나 거절을 당했다고 한다. 그러나 그녀의 10년에 걸친 간곡한 청원에 법정 스님은 받아들였다고 한다. 누군가 천억 원을 시주한 심경을 물으니, 그녀는 '길상사에 시주한 천억이 그 사람(백석)의 시 한 줄보다 못하다'라그 했다고 한다. 그녀의 백석에 대한 사랑이 얼마나 지극하고 절절했으면 그리했을까!

　1997년 고급요정이던 대원각이 길상사라는 청정도량으로 다시 태어났다. 길상사가 세상에 이름을 고한 그날 김영한은 법정 스님으로부터 염주 한 벌과 길상화라는 법명을 받았다. 2년 뒤인 1999년 11월 14일 밤 길상화는 길상헌에서 극락으로의 여행길에 올랐다. 그녀의 소원인 장엄한 범종 소리를 들으면서….

　법정 스님의 유골이 안치된 맨 위쪽의 진영각을 둘러보고 내려오니, 관객은 거의 돌아가고 앙상한 나뭇가지에 붉은 잎 하나가 뱅그르르 돌아 떨어진다. 법정 스님의 맑고 고운 어록이 군데군데 걸려 있었다. '그리움은 인간의 향기'라는 글이 가슴이 아리다. 화려한 일주문 앞에서 길상사의 내력을 곱새겨 본다. 사람은 가도 흔적은 남아 전해 듣는 소설 같은 이야기는, 영화 한 편을 본 듯 후손들에게 생각의 길을 넓혀 주지 않았나 싶다.

죽어서 삼일

봄을 마시다

운동센터에 가려고 서두르는데 전화벨이 따르릉, 매화 마중 가잔다. 내 맘이 제 맘인 듯 잊지 않고 불러 주는 고마운 이웃이다. 아파트 화단에 매화가 꽃망울을 터트리기 시작하자 이제나저제나 기다리고 있었다. 관약을 위해 간식과 접이식 지팡이도 챙겼다. 그런데 예년에 갔던 길이 아니다. 오늘은 특별한 데서 초대받았단다. 어디냐고 물어도 가 보면 안다고? 한참을 달리다 좁은 산길을 얼마쯤 가더니 정차를 한다. 그제야 언젠가 차도 따고 쑥도 뜯었던 야산이다. 그때는 쑥이 뜯을 만했을 무렵이었으니까 매화는 이미지고 없던 시기라 헷갈렸던 모양이다.

길가에는 냉이며 이름 모를 어린 풀들이 반갑다고 살랑인다. 조붓한 산 길가 산골 천에 졸졸 흐르는 청량한 산천에 손을 넣기가 미안해 마음만 씻기로 했다. 사철 푸른 대나무는 언제 봐도 선비의 대쪽 같은 풍모를 닮았다는 시가 떠오른다. 요즘 정치가들의 줏대 없는 행위나, 의대생 증원으로 정부와 의사집단의 대치를 보면서 대나무의 풍모를 유심히 들여다보게 된다.

계단식 밭에는 차나무가 빽빽이 들어서 있었다. 새 부리 같은 어린잎이 뾰죽이 내밀고 밭 가장자리에는 활짝 핀 매화나무가 드문드문 서 있었다. 매화에 가까워질수록 은은한 향기에 콧방울은 벌렁벌렁 눈은 게슴츠레 감긴다. 흐드러지게 핀 매화 밑 둔덕에는 통나무로 만든 소박한 차탁, 그 위에 유리 주전자에는 생매화가 동동 떠 있고 김을 모락모락 올리고 있었다. 여기가 바로 무릉도원이 아닐까? 앙증맞은 잔에는 매화 한 송이가 수줍게 웃고 있었다. 고아한 향에 취해 시간 가는 줄도 모르고, 주인이 따라 주는 차를 한 열 잔은 마셨나 보다. 건조한 매화를 우려 마실 때는 향을 찾아가며 음미하는 그 순간은 순수한 몸짓이다. 봄이면 매화 동산을 여러 번 다녀왔지만, 오늘의 체험은 두고두고 생각나는 멋진 기억으로 남으리라.

우리 선조들은 음풍농월의 세월을 멋지게 보낸 기록이 전해지고 있다. 그중에서도 봄의 정령인 매화를 사랑한 시인 묵객의 이야기가 전해 오고 있다. 퇴계 선생님의 "매화에 물을 주어라" 한 유언이 지금까지도 전해오고 있으니 진실한 사랑은 누구나 꿈꾸지만 이루기는 쉽지 않기에 이야기로 남는가 보다. 매화의 풍모는 추위에도 둘하지 않는 성품이 선비를 닮았기에 학문과 도덕이 높으신 선생님들의 단골 메뉴가 되지 않았을까? 매화가 두향 인 듯 옆에 두고 늘 돌보았을 퇴계 선생님, 두향인 기생을 그만두고 선생님을 향한 애틋한 마음은 이별한 지 20여 년 만에, 하회마을을 찾아 머나먼 길을 떠나왔다. 그러나 이미 퇴계 선생님은 가신 뒤였다. 두향인 선생님이 안 계신 세상이 얼마나 허무했을까? 이별의 선물 매화를 평생 옆에 두고 그리워했던 선생님은 저세상에서 두향이를 만났을까!

유년기를 경기도 광주의 조부모 그늘에서 자라다가, 부모 따라서 복잡한 서울에서 지내며 그곳이 내가 평생을 살아야 할 곳으로 알았다. 그런데 어쩌다 딸의 형편을 외면할 수 없어 몇 달만 하고 내려왔다가 전주 시민이 되었다. 아마도 이곳의 매력에 빠져 눌러앉지 않았나 싶다. 고희를 바라보는 나이에 광양의 매화에 취해 서울 촌놈이 되었다. 매화에 심취하다 보니 이제는 매화차를 마시며 매화와 깊은 사랑 타령까지 하고 있지 않은가. 지금은 귀한 손님이 오면 매화차를 함께 마실 수 있어 참 행복하다. 생 매화차만큼은 아니지만, 광양에 가면 찻집에 들러 건조된 매화차를 음미하는 호사를 누린다.

아이들 어렸을 땐 창경궁의 벚꽃 구경이 최고인 줄로만 알았다. 그런 내가 매화 동산을 접한 후로는 잠들어 있던 감성이 살아나는 느낌이다. 이른 봄 추위도 마다하지 않고 피는 매화를 조선 시대 선비들이 왜 사랑했는지 알 듯싶다.

인연이란 필연인가 보다. 상상도 못 했던 전주에서 생의 마지막 과정을 보내고 있으니 하는 말이다. 낯선 것들을 접할 때마다 나를 이곳으로 인도한 여건에 감사한다. 전에는 섬진강도 그저 우리나라의 강의 하나라고 알고 있었다. 섬진강 변을 돌아보며 왜 예향의 고장이라고 하는지를 인정할 수밖에. 지금 이곳도 야트막한 산을 계단식으로 만들어 차나무를 가꾸고 벚꽃을 심어 운치를 더하고 있으니 중부권에서는 못 보던 풍경이다.

그냥 산등성이 아니라 매향이 머무르는 이곳 내년에도 봄

이 오면 발길 따라 피어나리라. 자리를 옮겨 가며 매향과 함
께한 긴 봄날도 어느덧 서산이 물들어가니 아쉽지만 일어설
수밖에.

2024. 3.

그림 한 점

뒤 베란다에 그림을 걸고 서너 발자국 물러서서 바라보니 참 좋다. 그녀의 마음이 나에게 그대로 전해지는 듯, 입꼬리가 절로 올라간다. 조붓한 장소에 어울리는 크기의 그림이다. 우리 집에 와 본 적도 없는데 어찌 이리도 안성맞춤일까. 낮에도 환하지 않은 거실이라 밝은 그림 한 점 걸고 싶었는데. 어찌 보면 밝은 주황색의 석양 노을이 아름답게 물든 듯, 잊을 수 없는 아름다운 추억 속으로 빨려 들어갈 듯싶은 구상화 한 점, 허허로운 공간에 마음을 나눌 화자가 생겨난 듯 참 든든하다.

스무 살에 만났으니 삼십 년을 두 번째 맞이하도록 마음을 주고받을 수 있어 참 고마운 친구다. 아이들을 좋아하던 친구는 선생님 노릇만 잘하는 줄 알았는데 명예퇴직하고 그림을 그렸단다. 그녀의 전시회에 가면 마음이 편안해지고 가슴이 따뜻해

 죽어서 삼일

진다. 그래서 그림으로 마음을 치유할 수도 있다는 걸 실감하곤
했다. 내가 첫 수필집을 낼 때 표지를 선물 받았다. 친구 덕에
표지가 참 세련되었다는 소릴 들었다. 그런데 그 그림을 준다고
연락을 해 온 것이다. 아마도 전시회를 끝내고 틈새가 생긴 김
에 삼복더위도 무릅쓰고 벼르던 일을 마무리하고 싶었나 보다.

　고속버스 배송 사무실 문을 열자마자 인천 버스 들어왔느냐
고 속사포로 물었다. 좀 늦는다고 대기실에 가 기다리란다. 밖
은 불볕인데 휴게실은 쾌적했다. 의자에 앉자마자 전화벨이
울렸다. 그녀였다. "나 지금 버스 기다리고 있어." "어떡하니.
두 시간 있어야 도착하는데." 사실은 집에서 소화물 영수증이
핸드폰에 따르릉 울리자 몇 분 안 남은 줄 착각하고 버스보다
먼저 가려고 택시를 타고 도착한 참이다. 한참 전에 그녀가 그
림을 버스 편으로 보내러 가니 시간 맞춰 나오라는 소리에 전
화를 끼고 기다리고 있었다. 원래 기다리는 시간은 배로 느껴
지지 않던가. 지금쯤 오겠다 싶어서 서둘러 뛰쳐나온 나 자신
에게 군밤이라도 한 대 줴박아야 위로가 되려나.

　그녀의 그림이 늦어진 이야기를 들으며 배꼽을 잡고 웃었
다. 표구점에서 액자를 찾아서 시외버스터미널로 가다 보니

포장도 안 했더란다. 다시 집으로 가 포장을 해서 보내느라 늦었단다. 나만 실수가 잦나 했더니 그 친구 역시 촌극을 벌인걸 보면 나이는 못 속이는가 보다. TV에서 영화를 보노라면 장면이 훌쩍 지나고 나면 이해가 안 될 때가 있다. TV를 보던 노모가 뻔한 걸 물으면 이해를 할 수 없었는데, 오히려 내가 그만큼의 나이가 되니 나도 그렇다. 난 나이를 잊고 살고 있지만, 생물학적인 퇴화를 누가 막을 수 있으리.

현관문을 열고 들어서면 마주 보이는 액자, 아이가 엄마를 반기듯 환하게 다가온다. 나도 모르게 입꼬리가 올라가고 뇌도 밝아진다. 웃을 일이 별로 없는 일상이었는데, 밝고 긍정적인 그녀를 닮은 선물이 집안을 밝은 기운으로 가득 채우고 있었다. 난 누구의 마음에 밝은 빛을 밝혀 준 적이 있었는지. 아무리 생각을 해도 나만의 세계에 갇혀서 자기중심적인 생활을 하지 않았나 싶다. 반세기가 넘도록 함께한 옆 남자에게 미안하다. 지금부터라도 그를 위하여 혼자서라도 웃는 연습을 해야겠다. 그러노라면 액자를 닮아 가겠지.

2018. 10. 13.

 죽어서 삼일

낚시공원의 일박 이일

왜 이렇게 멀게 느껴질까? 빨리 가고 싶어 일찍부터 서둘렀는데, 아마도 보고 싶은 이가 있어서겠지. 장맛비 사이로 북으로 2시간을 달려왔지만, 목적지까지는 아직도 한참을 가야 했다. 내비게이션의 안내로 낚시공원을 찾아가는 중이다. 넓은 도로에서 농노로 접어들었다. 어느 사래길(논과 밭 사이에 좁은 길)은 차가 지나기도 조심스러워 운전하는 딸에게 미안했다. 그렇게 구불구불, 조심조심 목적지에 도착하니 산 밑에 아늑하게 자리 잡은 낚시공원이라는 이름이 잘 어울리는 천혜의 장소였다. 낚시터의 변신이 여기까지 왔다니 놀라웠다. 내 선입관이 무색했다. 낚시를 위한 방갈로는 그냥 미니 호텔이라고 부르는 것이 맞을 성싶다. 타라만 브아도 힐링이 되는 곳에서 가족과 함께 편안하게 쉴 수 있으니 무얼 더 바라리.

코로나 19로 모두가 지치고 힘들 때 부모 형제를 이곳으로 초대한 작은 아들의 마음이, 이곳 낚시공원만큼이나 맘에 든다. 산 밑에 자리 잡은 호수는 시야에 들어올 만큼 크지도 작지도 않은 호반이다. 호수 가운데에는 작은 섬이 있어 꽃과 나무와 수초가 어울려 풍치를 더하고 있었다. 거기다 물가 따라 지어진 낚시를 위한 집들이 그림 같다. 수면에는 언 듯 보이는 물고기의 등이 유연하다. 낚시를 위한 수면 위 합성 덱은 강태공이 낚시하기에는 맞춤의 시설이다. 호수에 드리워진 알록달록 낚싯대는 산 그림자와 어울려 한 폭의 수채화 같다. 점심때가 되니 작달비가 내리기 시작했다.

낚시꾼들이 말하는 짜릿한 손맛을 느껴 보고 싶어 밤늦도록 낚싯대에 집중해 보지만, 초짜를 얕잡아 봐서인지 영 소식이 없다. 아이들은 잠들었고 낚시 삼매경에 빠진 아들은 가끔 환호성을 지른다. 왜 낚시터였는지 궁금해서 물었다. 작년부터 동료들과 낚시를 시작했는데, 초등 때 아빠 따라 낚시터에 다녔던 일들이 좋은 추억으로 기억되더란다. 그래서 아빠를 낚시터에 모시고 싶어서 일정을 잡은 거란다. 나는 남편 덕분에 오늘 호강을 하는구나 싶었다. 이토록 자연과 하나 되는 호젓

한 시간이 행복했다. 어둠이 내려앉은 호반에는 정적 속에 내 숨소리와 빗소리뿐, 어머니의 자궁 속이 이러했을까? 그래서 주말만 되면 마누라의 투정도 뒤로한 채 낚시터로 줄행랑을 치는 낚시꾼들의 마음을 알 것 같았다. 온 주위는 칠흑 같은 어둠뿐 풀벌레조차 숨죽이고 잠이 들었나 보다.

아침에도 여전히 장대비는 검출 줄 모르고, 물안개는 호수를 뒤덮어 건너 방갈로가 흐릿해 몽환 속 같다. 앞산 자락 따라 안개비가 휘감고 있어, 그곳에도 호수가 있는 듯 착각이 들었다. 우리는 빗속에서 낚시를 즐기고 TV에서는 비 피해를 보도하고 있었다. 코로나로 모두가 힘든데, 엎친 데 덮친다고 유례없는 폭우와 긴 장마로 산사태로 길이 끊기고, 집을 덮쳐 피해자가 속출하고 있었다. 작은 호수에 이토록 비가 쉬지 않고 퍼붓는다면 주변 마을에 피해가 갈 수드 있겠다 싶어 두려움이 불쑥 치솟아 오싹 소름이 돋았다.

물속에서 건져 올린 망태에는 크고 작은 고기가 스무 마리도 넘을 듯싶었다. 부자는 잠도 안 자고 밤을 꼬박 새운 모양이다. 망태에는 붕어, 잉어, 덩치 큰 향어가 펄떡이고 있었다. 젊어서는 낚시로 잡아 온 물고기를 요리하느라 부산을 떨었었는데, 잡은 물고기들을 바라보니 겁부터 났다. 그래서 아들더러 난 안 가져간다고 선언했더니, 아들이 피식 웃으며 걱정하지 말란다. 그리곤 사진을 찍더니 물에다 놓아 주며 "잘 있어라. 또 보자." 한다. 밤새 갇혀 있던 물고기들이 물살을 가르며 시원스럽게 꼬리를 흔들며 사라져 갔다.

올여름은 방콕에서 한 발자국도 벗어나기 힘들겠다고 포기하고 있었는데 작은아들의 배려로 개나리 낚시공원에 왔다 가는 길은 정겹다. 길은 같은 길이건만 찾아올 때는 주위 경관이 하나도 안 보이더니, 귀갓길에서는 초록의 싱그러운 풍경에서 가화만사성을 읽는다. 아직은 마스크가 없으면 밖을 못 나가는 코로나 세상이지만, 그도 곧 지나가지 않겠나.

2020. 8. 초순

　　　　　　　　　　　죽어서 삼일

무창포에 가다

하루가 시작되는 아침 바다는 얼마나 고요하고 아름다운지 그림 속에 그대로 녹아 들어가는 듯싶었다. 마치 중국의 청명 상하도(淸明上河圖)의 움직이는 그림을 보듯 잔잔한 바닷물을 차고 오르는 갈매기들이 그림 같다. 한쪽 물가에는 점점이 박힌 듯이 서 있는 솟대 같은 새들도 있다. 아직 아침 먹을 시간이 멀어서일까. 부지런한 관광객들의 긴 그림자가 어슬렁거린다. 8시쯤 바닷길이 열린다는데 벌써 물이 많이 빠져 바닷길 입구가 드러나기 시작했다.

오래전부터 오고 싶었던 무창포는, 엄마의 포근한 가슴처럼 평화스럽고 아늑한 포구는 잔잔한 호수 같다. 오른쪽으로는 손에 잡힐 것 같은 대천해변이 보이고, 앞쪽에는 모세의 기적이 연출될 석대도가 놓여있었다. 해수욕장 북쪽에는 전설의 아기 장군이 밤이면 무예를 닦았다는 장군봉, 아기 장군이 태어났다는 당섬이 있었다. 이곳 석대도와 흑섬 사이로 지는 낙조가 장관이라는데 차편이 원활하지 않아 그냥 갈 수밖에 없으니, 어찌 발길을 돌릴 수 있을지 모르겠다. 어제 초행길에 대중교통을 이용하느라 길에다 버린 시간 때문에 그 황홀하도록 신비스럽다는 낙조의 순간을 놓쳤다. 하룻밤을 더 묵고 싶지만, 시간 맞춰 가야 할 곳이 있으니 다음으로 미룰 수밖에.

열리기 시작하는 바닷길을 따라 사람들이 모여든다. 아마도 이스라엘 민족이 홍해 바다를 건너 이집트를 탈출하는 장면이 이런 모습이 아니었을까? 이천 년 전에는 두려움에 떨며 물이 빠진 바닷길을 쫓기듯 건너갔으리라. 지금 이곳 사람들의 손에는 호미, 갈고리, 울긋불긋한 양동이에 비닐 주머니를 들고 바다 바닥을 파 조개를 줍느라 여념이 없다. 보름과 그믐에 바닷길이 트일 때마다 사람들이 헤집고 다녔겠지. 자연이 제공하는 이 신비를 보고 느끼는 대로 가슴에 담아 가면 좋으련만. 나는 바다를 헤쳐 볼 엄두도 못 내고, 그들에게 말을 걸며 바다 속살을 핸드폰에 담았다. 조금만 기다리면 바닷길이 완전히 열릴 텐데, 석대도를 밟아 보지도 못하고 서울행 열차 시간에 쫓겨 다음을 기약할 수밖에.

무창포 해수욕장은 보기에는 깨끗하고 문제가 없는 듯싶었다. 그러나 《바다가 아파요》를 손녀와 읽으며 우리가 보지 못하는 곳곳의 실태를 알게 되니 무심히 넘어갈 수가 없다. 바다를 터전으로 살아가는 바다생물들의 고통의 소리에 귀를 기울여야 할 때가 늦은 건 아닌지? 우리는 우리를 위해서 바다에서 필요한 걸 얻어낸다. 사람은 편리를 위해 아름다운 해안을 개발이라는 이름으로 바닷가를 얼마나 많이 훼손하고 있는가? 그동안 바다를 거대한 하수처리장쯤으로 여기고 각종 오염된 쓰레기를 바다로 보냈다. 지구의 70%가 넘는 바다는 모든 것을 받아들이고 스스로 자정하리라 믿었나 보다. 바다가 크다고는 하지만 그도 유한하니, 오랜 세월을 시달린 바다생물도 병들어갈 수밖에. 우리가 원인을 제공했으니 바다를 살릴 수 있는 해결책은 무엇일까?

그래도 우리나라는 언젠가부터 생활하수를 정화해서 버리고 있다. 아직도 어느 곳에서는 생활오수를 그대로 하천에 버리니, 오염된 물은 흐르고 흘러 종착역 바다로 모인다. 비료와 가축 배설물, 산업폐기물까지 그대로 바다로 흘러가니 어찌

되겠는가. 거기다 세계를 누비는 유조선이 800여 척이나 된다고 한다. 만약 배가 침몰이라도 한다면 기름 유출로 인하여 수면 근처의 해양 동물은 어찌하라고. 해변의 바위와 갯벌, 습지를 비롯해 해안지역의 모든 생태계는 파괴될 것이다. 그런데 더 시급한 일은 바다에서 기름 탱크 청소를 금지하고 있다는데, 과연 법은 지켜지고 있는지?

과학발달로 생겨난 원자력 발전소의 폭발로 인한 방사능선의 피해는 상상하기도 두렵다. 이렇게 바다가 점점 오염되어 생명력을 잃게 된다면, 지구에 존재하는 모든 생물체에 무서운 재앙으로 다가오게 될 것이다. 《바다가 아파요》 책의 저자는 바다 오염의 대안으로 보호구역을 지정해야 한다고 말한다. 적어도 전체 바다 면적의 10 내지 15%는 보호구역으로 지정해야 바다의 오염을 막을 수 있다고 한다. 그런데, 현재 상황은 고작 2%만이 지정되어 있다고 한다. 이도 서둘러 보호 면적을 늘려야 되리라.

왜 자연은 우리에게 바다의 속살을 보여 줄까? 바닷물 속에도 육지나 마찬가지로 다양한 생물이 살아가고 있다고 알려 주려고? 지구상의 생물의 생살여탈권을 쥐고 있는 인간들에게,

바다도 너희가 사는 육지와 다름이 없으니 서로 보호하며 함께 가자는 의미가 아닐까? 우리는 바다를 이용하기보다 바다와 함께 공존해야 미래가 있다. 인간들에 의해 고통을 당하고 아파하는 바다를 치유해 온전한 바다로 되돌려야 한다. 건강한 지구를 후손에게 남겨 줘야 할 책임과 의무를 다해야 하리라.

틈새를 이용해 찾아온 무창포의 아름다움도 못다 담고 발길을 돌리려니 아쉬움만 남는다. 낯선 길에 대중교통을 이용하느라 낙조 시간을 놓쳤으니 중요한 만남이 틀어진 듯 속상하지만 누굴 탓하리. 시간을 빠듯하게 짠 내 탓이로다.

솟대같이 서 있는 바닷새에게 약속했다. 다음에는 시간에 쫓기지 말고 몸도 마음도 느긋이 아무 일도 없듯이 넓은 품에 포근히 안기고 싶다. 세상을 다 품을 것 같은 고요한 무창포의 넉넉함을 닮고 싶다.

별이 큰 초원의 나라

여행은 생각만 해도 즐겁다. 오랫동안 벼르던 초원의 나라 몽골 여행이 20여 일 앞으로 다가왔다. 여행 일정표의 지명을 따라가며 상상의 나래를 펼치다 잠이 들었다. 그런데 아침에 눈을 뜨니 오른쪽 팔, 다리가 내 것 같지 않았다. 일어나려 해도 팔, 다리가 내 맘대로 움직여지지 않아 꿈틀거리다 겨우 몸을 일으켰다. 이렇게 병원 침대의 신세를 지게 되었다. 다행히 자고 나면 조금씩 호전되어 제법 걷기 시작하자 여행의 가부를 고민하기 시작했다. 다행히 담당 의사의 허락이 떨어졌지만, 과연 잘 다녀올 수 있을지 걱정이 태산만 했다.

삶의 일탈은 활력소가 되어 걸음새도 탈 없이 비행기에 올랐다. 아이들 어렸을 때 함께 본 무협지가 생각났다. 주인공 소년 영웅과 칭기즈칸이 떠올랐다. 몽골은 어느 만큼이나 달라졌을까? 드디어 칭기즈칸 국제 신공항에 내리니 말문이 막혔다. 이곳이 유라시아를 호령했던 제국의 국제공항이라니? 위대한 조상 칭기즈칸의 위엄은 어디서도 찾아볼 수가 없었다. 작은 공항은 깨끗하고 아담했다. 공항 밖으로 나오니 천연자연에서의 대기는 청량하고 끈적임이 없는 쾌적한 공기가 마음에 든다.

오후부터 찔끔거리며 내리던 비는 어두움과 같이 비바람이 몰아치고 기온이 뚝 떨어져 패딩 생각이 간절했다. 별 보기는 포기하고 일찌감치 잠자리에 들었다. 몽골의 첫 숙박 장소인 게르는 여러 가지 시설은 편리한데 웃풍이 심해 옷을 겹겹이 껴입어도 으슬으슬 추워 웅크리고 잤다. 다음 날 아침 태양은 얼마나 맑고 찬란한지 드러난 풍경은 경이로웠다. 바닥에는 낮은 풀들 사이에 피어 있는 이름 모를 손톱만 한 꽃들이 귀엽고 예쁘다. 온 세상이 진공상태인 듯 눈을 감고 귀를 기울여도 잎사귀를 스치는 바람 소리도 없다. 거칠 것 없는 시야는 바다의 수평선을 보는 듯 무한대로 펼쳐진 초원 위의 새하얀 게르는 잔칫집 천막 같다.

둘째 날 오전의 일정은 구경군으로 만족해야 했다. 몽골 여

행에서 빼놓을 수 없는 낙타와 걷기는 못 해도 사진이라도 남
기려고 낙타 타기에 도전했다. 용기를 내 앉아 있는 낙타의 등
에 앉았다. 거기까지면 좋았을 걸 일어서니 온몸이 덜덜 떨려
내릴 수밖에. 오후가 되자 많은 비가 쏟아졌다. 강수량이 적
은 이 나라에 비를 몰고 다니는 우리 팀은 불편했지만, 이 대
지는 반가웠으리라. 몸이 편치 않은 나는 감당할 수 없는 장소
는 건너뛸 수밖에. 오늘의 일정은 아쉬움의 연속이다. 어둠이
밀려오고 비바람은 여전하고 밖은 한기가 들 정도로 추웠다.
별 보기 두 번째 명소인 사막에 왔지만, 운이 없는가 보다. 낡
은 전통 게르에는 개구리가 여기저기서 퉁방울 같은 눈을 뜨
고 빤히 쳐다보고 있었다, 내쫓느라 한바탕 소동을 벌였다.
바닥은 축축하고 난로가 없어도 먼저 숙소보다는 춥지도 않고
아늑했다.

오래전에 운동센터에서 수련차 방문한 영천 숲에서의 그 밤
이 떠올랐다. 영천은 육이오 때 공산당의 발길이 닿지 않은 곳
이란다. 늦은 밤 숙소로 가는 길에는 하늘에 다이아몬드를 뿌
려 놓은 듯 별들이 쏟아질 것 같아 두 손을 치켜들고 환호했던
그 밤, 그리고 미국 애리조나주의 국립공원 안 세도나의 마고

가든 실외 온천탕에서 가깝게 다가왔던 찬란한 별 무리를 떠올리며, 이곳에서 보는 별은 어떤 느낌일까? 상상하다 잠이 들었다.

　문 두드리는 소리에 놀라 일어나니 자정 1시, 별이 보인단다. 옷을 있는 대로 껴입고 문밖으로 나오니 북두칠성이 손에 잡힐 듯 앞에 매달려 있었다. 상상도 못 한 현실에 놀랄 새도 없이 으스스 한기가 파고들었다. 두툼한 패딩 생각이 간절했다. 3m쯤 사막으로 올라갔다. 밑에서 봤을 때보다 더 가까워 보이는 별은 손을 뻗으면 그대로 잡힐 듯, 장난감을 걸어 놓은 것 같았다. 별에 대한 낭만은 사라지고 보석을 잃어버린 듯 허전했다. 북두칠성은 거인의 부엌에나 걸려 있을 국자 같았다. 가이드의 별자리 설명을 들을 여가도 없이 몸이 사시나무 떨 듯 떨렸다. 가이드가 두툼한 잠바를 벗어 걸쳐 주었다. 아늑함도 잠시 가이드를 보니 반소매 차림이다. 영하 몇 도쯤 될까? 지금 나의 상태가 정상은 아니지만, 너무 떨려 견딜 수가 없었다. 극구 거절하는 잠바를 돌려주고 내려왔다. 여행 안내자의 말을 건성으로 받아들인 나에겐, 별 바라보기가 무리였나 보다. 포근한 오리털 코트가 그리운 밤이었다.

별에 대한 낭만이 뒤바뀐 순간이다. 이곳의 별들은 그동안 봤던 하늘 높이 반짝이던 별이 아니고 거인의 장난감 같았다. 그래도 자세히 보고 즐길 수 있는 황금 같은 기회를 놓쳐버린 아쉬움은 한 시간을 별과 놀았다는 이들이 부러웠다.

다음날 먼동이 트자 사막으로 올라갔다. 아침이 조용한 것은 내가 사는 곳이나 사막도 똑같았다. 이토록 많은 고운 모래가 만들어진 이유를 알 것 같았다. 우리나라는 낮과 밤의 기온차가 크면 단풍이 곱게 물드는데 이곳에서는 사막을 만들었나 보다. 처음 밟아 보는 사막은 평평한 것이 아니라 산을 닮아 있었다. 모래 등성이 따라 오르다 보니 나무만 없지 산 모양과 흡사했다. 어제 비가 와서 물이 고인 곳에 몇 그루의 나무도 있었다. 언제 만들어졌는지 모를 모래 언덕에 귀 기울이니 파도 소리가 들리는 것은 나의 염원이 이곳에 오듯이, 그 옛날 오가는 낙타의 전언이 이어져 바다가 그립기 때문이리라. 사막이 북상하다니 모래도 자손이 늘어나는 모양이다. 어디선가 갑자기 다리긴 그림자가 나타나 놀라 뒤돌아보니 맑고 찬란한 해가 지척에서 떠오르고 있었다.

셋째 날에는 원주민이 거주하는 전통 게르에서 가이드의 설명을 들었다. 봄, 여름은 짧고 겨울은 혹독하게 길다. 거기다 강우량이 적은 몽골이다. 척박한 자연환경에 적응하며 오랜 세월을 억세게 살아온 그들도 나름대로 과학적인 방법으로 살고 있었다. 카누 중앙에 세운 2개의 막대에 햇빛의 위치에 따라 시간을 알 수 있다고 한다. 게르의 중앙 지붕에는 덮었다 열었다 할 수 있는 햇볕이 드나드는 출구가 보였다. 첫날밤을 추위에 떨게 했던 게르는 근대 방식이고, 두 번째 전통 게르는 누추하고 편의 시설이 외부에 있어 불편하긴 해도 아늑했다. 전통식은 벽에다 양털을 넣어 만들었기 때문이라고 한다. 가이드는 자존감이 넘치는 음성으로 설명을 이어 갔다. 몽골의 화폐에는 많은 말들이 끄는 마차에는 게르를 통째로 얹은 수레가 있었다. 그들은 넓고 척박한 초원을 넘어 아시아와 유럽을 휩쓸어 정복할 수 있었던 힘을 알 수 있을 것 같다. 타고난 힘이 세고, 웬만한 무기는 무용지물로 만들었을 만큼 튼튼한 게르를 마차에 안착하고, 100마리의 말이 끄는 마차는 상상만 해도 당해낼 적수가 없을 듯싶다. 현대판 탱크보다 훨씬 훌륭한 요새와 무기가 되었으리라. 게르를 이용한 기발한 착상이 세계 역사의 한 페이지를 장식한 몽골인들의 기상이 아닐까?

8월 초 우리나라를 할퀴고 북상한 태풍이 우리가 가야 할 도시를 휩쓸어 우리들의 진로를 바꾸게 했단다. 덕분에 끝없이 펼쳐진 초원을 장장 4시간을 달렸다. 이 나라의 동맥인 국도는 지나는 차도 별로 없고, 60년대의 우리나라의 지방 비포장도로보다 더 열악한 듯싶었다. 남쪽으로 내려갈수록 초원의 풀들이 바닥에서 조금씩 더 커지고 있는 것을 볼 수 있었다. 어쩌다 만나는 유채꽃 단지는 사막에서 오아시스를 만나는 만큼이나 반가웠다. 허허벌판에 있는 양 떼, 소, 말. 염소들의 무리가 가끔 보이고 비어 있는 초원이 쓸쓸했다. 돌보는 목동도 없고 사료 때문에 돈 들 일도 없으니 목축업의 천국이 아닐까?

21세기에 이토록 개발이 안 되었으리라고는 상상도 못 했다. 알아보니 면적은 156.7만 제곱킬로미터로 세계에서 19번째로 큰 나라다. 인구는 약 330만 명이란다. 큰 도시 인구 정도라니, 환경이 척박해 산아제한이라도 했나? 가이드에게 "농업 이민자라도 모집해야겠네요." 했더니 몽골인은 타민족은 안 받는단다.

마지막 밤을 교통지옥인 이 나라 수도 울란바토르에서 보내며 아쉬운 점도 있지만 그나마 별 탈 없이 여행을 무사히 끝낼

죽어서 삼일

수 있어 감사하고 고마웠다. 내 몸과 타협하느라 지나치기도 했고, 차 속에서 무료히 눈 감고 있었던 시간도 여행이었다. 얼마나 망설였던 여행인가. 무사히 인천공항에 내리는 발걸음은 가볍기만 했다. 눈 감으면 펼쳐지는 초원, 저녁노을이 짙은 사막을 터벅터벅 걸어가는 낙타, 손만 펼치면 닿을 듯싶던 커다란 별, 끈적이지 않는 깨끗한 공기, 기회가 온다면 또 가 보고 싶다.

2023. 8.

그래도 봄은 온다

입춘도 지난 어느 날 아침, 운동 갈 시간이 조금은 이르다 싶었지만 집을 나섰다. 밤새 살눈이 내려 뒤안길이 말끔해져 있었다. 눈을 좋아하는 오목조목 귀여운 막내네 마을에도 눈이 내렸을까? 자연은 언제나 제자리에 그대로인데, 코로나 전염병은 휴식처를 감옥으로 둔갑시키고 기승을 부리니 하루도 조용한 날이 없다.

동생이 코로나에 잡히기 전에는 어서 지나가기만을 바랐다. 주위에서 코로나로 인해 고생한 사람을 본 적이 없기에 방역 지침을 잘 지키면 별일 없으려니 했다. 막내 소식이 뜸해 전화 걸기 몇 번 만에 제부와 통화를 했다. 전화기 넘어 울음 삼키는 목소리에 놀라 혼비백산, 정신이 반쯤 나간 듯싶었다. 코로나로 사람이 죽으면 트럭에 실려 그대로 화장터로 보낸다는 기사가 언뜻 스쳤다.

자가 호흡을 못 해 산소 호흡기를 끼고 가사 상태로 응급실에 있단다. 병원 소식은 간호사가 전하는 데 마음의 준비를 하라고 했더란다. 그렇게 보름쯤 된 어느 날 동생의 문자를 받았다. '눈은 떴으나 말을 못 한다.'라고. 말을 못 할망정 깨어나서 얼마나 고맙던지, 웃음 반, 눈물 반은 이럴 때 어울리는 말이지 싶다. 참으로 건강하던 동생이었기에 고비를 넘기지 않았나 싶다. 하느님, 부처님, 천지에 모든 신께 고맙습니다. 외치며 사방팔방에다 절을 했다.

코로나 범유행으로 세상은 무섭게 변하고 있었다. 변화되는 속도는 고령자의 벽이다. 벽을 넘기 너무 힘들어 손전화를 던져 버리고 싶을 때가 한두 번이 아니다. 핸드폰과 씨름을 하다 도움을 청하러 밖으로 나가 보지만 마땅한 행인 만나기도 쉽지 않다. 여기저기 전화로 물어보지만, 해결은 쉽지 않았다. 코로나가 장기화하니 답답함을 넘어 소소한 일상이 그리워졌다. 가고 싶은데 가고 만날 사람 만나던 그때가 얼마나 소중한 시간이었는지도 알겠더라. 자리가 비좁다고 투덜거리던 운동센터도 1/3 정도만 참석하니 공간의 여유가 생겨 좋은 게 아니었다. 마음 밑바닥까지 썰렁했다.

코로나로 인해 비대면 화상 회의가 일상화되더니, 우리 센터도 일주일에 두 번은 비대면 화상 운동으로 대체되었다. 비슷한 음식을 매일 먹기보다 새로운 음식이 식욕을 돋우듯이, 낯선 사범들의 다양한 운동은 활력을 불러오고 재미도 있으니 오히려 운동할 맛이 났다.

전에는 미세먼지가 아무리 극성을 부려도 마스크를 쓰질 못했다. 그런데 지금은 마스크가 외출 필수품이 되었다. 1년여가 지나니 마스크는 그런대로 견딜 만하다. 바이러스와의 전쟁 무기 1호인 마스크가 패션화되어간다. 값도 천차만별, 디자인도 색상도 가지각색인 마스크가 패션화를 지나 유행이 되면 코로나가 끝나도 끝이 아니다. 마스크가 유행의 물결을 탄다면 우린 끝없는 비대면 세상을 살게 되는 거나 마찬가지가 아닐까? 마스크가 버티고 있으면 발음이 정확히 들리지 않으니 청력 장애인은 어쩌라고.

영업시간 제한으로 피해가 큰 소상공인들의 나날이 걱정스럽다. 정부에서 도움을 받아도 큰 도움이 안 되니, 날이 갈수록 불 꺼진 상가 창문에는 폐업한다는 알림판만 늘어간다. 어쩌다 휴일에 점심 한 끼 먹을 음식점이 없다. 저녁 장사만 잠깐씩 하니 임대료만 쌓여 갈 수밖에. 우중충한 겨울이 가면 봄이 오듯이 머지않아 우리에게도 봄은 찾아올 것이다. 좀 아쉬웠던 것은 전 국민 재난지원금을 국민 모두에게 준다고 해도 상위 10%도 받았어야만 했을까? 물론 반납한 이도 있겠지만. 하지만 남의 눈치 개의치 말고 조금만 생각을 바꾼다면 정책이 빛을 발하지 않았을까?

코로나바이러스가 제아무리 변이를 거듭해도, 그래도 봄은 온다.

코로나 유행이 머지않아 사라지면, 일상을 훌훌 털고 배낭을 메고 어디로 갈까? 고민도 하고, 반가운 이를 만나면 껴안고 방방 뛸 날도 머지않았으리라.

2022. 2. 25.

2부

꿀벌은 어디로 갔을까

며칠 날씨가 포근하더니 옥상에 봄이 한가득 내려와 있었다. 엊그제만 해도 블루베리의 눈이 틀 기척을 전혀 감지를 못했는데 꽃자리가 빨갛게 도드라져 있었다. 부추, 상추도 허리를 곧추세우고 새 봄옷으로 갈아입고 있었다. 블루베리의 앙증맞은 꽃봉오리가 벌어지면 꿀벌이 윙윙 날아와 입맞춤하겠지! 이렇게 봄은 세상을 깨우려 하루가 다르게 북으로 달리는데 지난 일들이 주마등처럼 스친다. 올해도 작년 같은 일이 벌어지면 어쩌나 싶어 걱정이 밀려들었다. 그나마 세 그루의 개화 시기가 달랐기에 블루베리의 부드럽고 달차근한 맛을 볼 수 있었다.

첫 번째 블루베리의 꽃이 만발해도 보이지 않던 벌이, 두 번째 블루베리 꽃이 피자 벌들이 윙윙 날아오르니 세상 그 어느 누가 이보다 더 반가울까? 신문 기사에 의하면 '지난해 전국적으로 꿀벌 78억 마리(전체 꿀벌의 17.8%)가 사라졌는데, 올해는 최소 100억 마리 이상이 자취를 감출 수 있다는 비관적 전망이 나온다.'라고 하니 어떤 수난이 닥칠지 불안하다. 천자 칼럼(한겨레)에 의하면 꿀벌은 사회적 동물로 구성원이 많아지면 새 집터를 찾을 때 정찰대가 십여 개의 후보지를 물색하고, 합의하고 최적의 장소를 정하여 분봉한다고 한다. 이토록 영리한 벌은 3000만 년 이상 종족을 유지해 왔다. 이런 꿀벌의 멸종 위기가 인류의 생존과 밀접한 관련을 체험하며, 지구의 위기를 온몸으로 느낀다.

3월 말 1번 블루베리가 꽃을 활짝 피워도 한 마리의 벌도 볼 수가 없었다. 틈틈이 옥상에 올라가 봐야 기다리는 손님은 안 오고 뿌연 미세먼지만이 시야를 흐리게 한다. 혹여나 하는 마음으로 블루베리 가지를 흔들어도 봤다. 암수 수술이 작은 꽃 속에 함께 있으니 행여나 수분이 될 수도 있지 않을까 싶어서. 수정된 꽃자리는 열매가 맺히니 꽃잎은 그대로 미련 없이 떨어지는데, 그렇지 않은 꽃자리는 지저분하게 눌어붙어 있다. 얼마 뒤 2번 블루베리의 꽃이 피기 시작했다. 그러나 하루 이틀이 지나도 벌들이 보이지 않아 안절부절 애가 타들어 가는 것 같았다. 3일째 아침 옥상에는 귀한 손님이 꽃을 찾아 부지런히 날아다니고 있지 않은가! 눈 맞춤이라도 하고 싶어 가까이 가고 싶지만 멀찍이서 작은 소리로 '이렇게 와 주다니, 정말 고마워' 환영 인사를 하는데 너무 반가워 눈물이 났다.

　다음 날 아침 기대 반 걱정 반 옥상 문고리를 잡고 귀를 기울였으나 기대했던 소리는 들을 수 없었다. 며칠을 기다려도 한 마리의 벌도 다시는 나타나지 않았다. 벌 인심이 어찌 이다지도 야박할 수 있을까? 우리의 삶 속에서 반드시 와야 할 사람이 안 온다면 우리의 일상이 원만할 수 있을까? 2번 블루베리는 딱 하루 벌의 방문을 받은 덕에 1번 나무와 달리 꽃이 진 자리가 파랗고 선명했다. 그러나 1번 나무의 꽃은 세상에 태어나 한 번은 꼭 만나야 할 임도 못 보고 기다림에 지친 꽃잎은 기력을 잃고 그 자리에 누렇게 말라 가고 있었다. 흔들어 주면 혹여 수분이 될지도 모른다는 기대는 물거품이 되고 말았다. 2년 연속 1번 블루베리가 벌을 못 만난 것은 열흘쯤 개화 시기가 빨라서일까? 벌들이 게을러져서일까? 지구 온난화로 인하여 발생하는 전조 현상인 듯싶어 걱정이 깊어만 간다.

생물에겐 산소가 있어 숨을 쉬듯이, 꿀벌은 인류가 살아가는 데 먹거리에 도움을 받는 대체 불가능한 존재다. 특히 사람과 꿀벌은 바늘과 실 같은 공생의 관계다. 아인슈타인 박사는 일찍이 "꿀벌이 사라지면 4년 안에 전 인류의 생존이 불가능하다."라고 말했다. 그런데 지금 세계적으로 꿀벌이 점점 사라지고 있다고 한다. 쌍방 간의 필요로 자연이 맺어 준 좋은 관계가 위험에 처해 있다. 돌이키는 방안을 온갖 지혜를 모아서 반드시 찾아야 할 일이다.

2023. 5. 10.

물의 고향 바다

나의 하루는 주차장 귀퉁이에서 분리수거로 시작한다. 몇 년 전 어느 날 우리나라의 7배가 넘는 플라스틱 섬이 태평양 중앙에 생겼단 뉴스 한 줄이 나를 놀라게 했다. 아침마다 재활용 분리작업에 최선을 다하고 있는 이유다. 그런데 올해는 (2024년) 플라스틱 섬이 17배로 커졌다는 소식에 기절초풍할 일일 수밖에. 그래도 온 국민이 플라스틱 재활용 사업에 협조한다면 작은 일이지만 도움이 되지 않을까 싶다.

다가구에서 쏟아지는 플라스틱을 필두로 재활용품을 철저히 분리하는 일은 기후위기에 개인이 할 수 있는 일 중에 하나다. 생각 없이 버려진 배달음식의 뒤처리가 내 몫으로 돌아올 때마다 옛날이 좋았었다는 생각이 들었다. 궁여지책으로 세대마다 문자 계몽운동을 했더니, 입주민들의 형태가 조금씩 달라지는 것 같아 다행이다 싶다. 세계가 쓰레기로 몸살을 앓고 있다. 선진국의 쓰레기를 후진국에 스출하면 그곳에서 필요한 것을 취하곤 그 쓰레기는 어디로 가나, 결국에는 바람에 쓸리고 구르다가 물줄기 따라 바다로 흘러들 수밖에.

집 안에서나 밖에서나 눈만 뜨면 보이는 것이 플라스틱이다. 인류가 필요한 기기들을 만드는데 플라스틱이 없으면 안 되는 세상이니 지구가 플라스틱으로 뒤덮일 날도 머지않은 듯싶다. 요즘 밟고 다니는 플라스틱 신호등이 등장했다. 그렇다고 포장도로가 플라스틱으로 대체되는 사건이 생길 리는 없겠지. 사람이 안 가는 곳이 없으니 만년설이 있는 높은 산에도, 사람이 간 곳이면 지구 어느 곳이나 있다는 플라스틱, 어류 속에도 플라스틱이 있으니 인간을 향한 역습을 막을 방법은 없는지? 하다못해 우리가 먹는 식수에도 미세플라스틱이 존재한다니 물조차 마음 놓고 마실 수 없는 세상이 올까 두렵다.

어느 날 형제자매들이 플라스틱에 대하여 논쟁이 벌어졌다. 플라스틱은 당장 생활에서 추방해야 한다는 쪽과 플라스틱도 연한까지는 사용하다 버려야 한다고 팽팽히 맞선 적이 있었다. 한 형제는 다음 날 부엌에 있는 플라스틱을 몽땅 버렸다고 메시지를 띄웠다. 버린다고 빨리 분해된다면 얼마나 좋을까? 풍선은 6달, 비닐봉지는 55년, 생수병은 500년이 지나 분해된다고 한다. 눈만 뜨면 보이는 플라스틱이 자유스럽지 않아 웬만큼 사용한 것은 버리고 구매를 안 하니 반은 줄어든 것 같다. 주방용 그릇은 생산을 안 했으면 좋으련만 그릇 가게에는 여전히 넘쳐나고 있다.

바다에는 무수한 생물이 그들대로의 규칙에 따른 삶을 치열하게 살고 있다. 바다는 때에 따라 출렁대다가는 몸부림치며 내지르는 괴성에 사람들은 공포에 떨기도 한다. 어부들은 바다의 눈치를 보며 물고기를 잡기도 한다. 땅에 빌붙어 사는 삶이 힘들면 사람들은 답답한 마음을 달래려 찾는 곳이기도 하다. 바다는 아무 말이 없어도 쳐다만 보고 있어도 답답한 가슴이 후련해지고, 기분이 좋아지기도 한다. 출렁이고 있을 뿐인 바다에서 위로를 받는다. 바다는 생명의 근원이기 때문일 것이다. 얼마나 깊고 넓은지? 셀 수 없는 물방울 하나하나가 모여 지구의 72%를 채운 물방울의 신비 때문이 아닐까?

분리수거장 옆에는 옥상 빗물이 모이는 네모난 하수구가 있다. 옆집의 빗물까지 흘러들어 온갖 오수가 모이는 여행의 출발점이다. 그들은 수많은 물방울이 모여야 힘이 생긴다는 걸 안다. 내 담당인 이곳을 깨끗이 관리하려면 그 나름대로 버젓한 이름이 필요했다. 언젠가는 돌고 돌아 바다로 갈 수밖에 없는 숙명이니까 '나 바다'로 부르기로 했다. 냇물에 도착했을 때도, 강에 휩싸여 돌고 돌아 종착역에서도 전주서 온 '나 바다'라고 당당히 말하라고.

쓸모가 없어 창고 구석에 처박아 놓았던 집게로 온갖 오물을 걷어내는 일은, 어린 자식 공부하기 싫어 꾀부리면 '똥 퍼 장사나 할래!' 하고 핀잔하던 엄마 생각이 났다. 가뜩이나 비위가 약한 나, 마스크를 써도 역한 냄새를 피할 수가 없었다. 휴지로 코를 틀어막고 커피 향 스프레이를 뿜기 며칠, 입구부터 깨끗해졌고 코를 들이대도 별스럽지 않아 미소가 절로 나오는 날도 생겼다. 비가 쏟아지면 얘들은 신나는 모양이다. 홈통에서 물줄기가 우당탕 쏟아져 내려오고 사방에서 빗물이 흘러들면 인사 소리도 시끄럽게 하수관을 빠-져나간다. 그들은 전에 살던 푸른 바다를 그리워하며 즐겁게 달려가겠지. 옛날 옛적에 살았던 고향은 언제나 그립겠지.

바다는 크나 작거나 탓하는 법도 없고, 거절하지도 않는다.

육지에서 흘러드는 물이 더럽거나 깨끗하거나 오는 대로 받아들이고 너른 품 안에 안는다. 그래도 바다는 물들지도 않고 언제나 그대로다. 누구의 참견도 원치 않지만 무심하다가도 자연현상 앞에서는 속수무책으로 휘둘려 생물에게 피해를 주기도 한다. 그러나 그 피해도 대부분은 인간의 무자비한 욕망으로 대비 못 한 사람에게 있다. 인간의 산업혁명과 과학의 발달로 기후가 점점 더워져 지구의 균형이 깨지고 있다. 만년 빙하가 다 없어지고 만년설이 녹으면 물이 불어나 주거지가 잠기면 바닷가 주민들은 어디로 갈거나?

언제쯤이면 분리수거를 부담 없이 할 수 있을까? 그래 내가 관리자니까 라고 생각하자, 세상의 모든 일은 마음먹기에 달렸다는 생각이 들었다. 그래 이곳은 내가 아니면 청소할 사람이 없으니까 이왕이면 웃으며 하자. 입주자 모두에게 완벽한 분리수거를 원한다는 것 자체가 무리라는 생각이 들었다. 고춧가루 물이 배인 배달 용기를 닦는 일은 나도 힘이 든다. 어차피 난 주택 관리자니까! 내가 좀 손해 볼 마음으로 열어 놓고 산다면 서로가 좋은 일이려니 싶다.

올여름엔 바다에 꼭 가야겠다. 코로나 이후로 바다에 간 적이 없다. "나 바다"에서 흘러간 애들도 찾아봐야겠고, 수평선에서 선한 이야기도 듣고 싶다. 더불어 오랜 세월 파도에 시달려 온 그들만의 이야기에 귀 기울이고 싶다. 말없이 바다라는 이름으로 하늘을 우러러보며 기도하는 그들에게서 어떻게 살아야 옳은지 배우고 싶다.

2024. 5. 25.

새 플라스틱 시대가 열릴까

어느 농사꾼 아낙네는 풀 없는 세상에 살고 싶다더니, 나야말로 일회용 플라스틱 용기 없는 세상에 살고 싶다. 11가구에서 쏟아지는 생활 쓰레기 때문에 몸살을 앓고 있다. 매일 쏟아지는 폐기물은 양도 많지만, 그중에서도 배달음식 일회용 용기가 문제다. 씻지 않으면 종량제 봉투에 넣어 배출하라고 공시했더니 앞집 쓰레기 수거통에다 투척한 사건이 벌어졌다. CCTV라는 파수꾼이 무서웠는지 시커먼 운동복 복장에 모자를 눌러쓰고 쓰레기 버리러 가는 행태가 꼭 도둑고양이 같았다.

우리는 플라스틱 없는 일상을 상상도 할 수 없는 세상에 살고 있다. 땅, 산, 하늘, 바다, 어딜 봐도 플라스틱이 널려 있다. 북태평양 쪽에는 남한의 17배가 넘는 플라스틱 섬이 생겼단다. 이런 지경이니 물고기들의 생태가 온전할 수 있을까?

그런 환경에서 서식하는 물고기를 먹어야 하는 인간들은 역습을 받을 수밖에. 지구환경을 생각하면 플라스틱 그릇들을 과감하게 버려야 하지만 여전히 옆에 두고 있으니 편치 않다. 현실은 플라스틱과 완전한 이별이 불가능하니 어이할지 망설여진다. 우리가 생각 없이 먹고, 마시는 생수병조차도 안전하지 않다고 한다. 지금 지구인들은 지구를 지킨다는 마음으로 무엇이라도 할 수 있는 일을 찾아서 하고 있겠지만, 지구가 위기에 처해 있다. 그렇게 되도록 내버려 둔 것도 사람, 그래서 우리가 풀어야 할 숙제다.

일회용 나무젓가락이 자연에서 분해되는 데 20년이 걸리고, 일회용 기저귀는 사람의 수명보다 긴 100년이 지나야 한다고 한다. 더구나 플라스틱은 400년 이상이 지나야 자연으로 돌아간다고 한다. 어쩌다 생활 속 필수품이 된 플라스틱이 골칫거리가 되었으니 눈만 뜨면 보이는 것들이 친근하게 보일 리 없다. 그렇다고 대타가 없는데 하루아침에 내다 버릴 수도 없는 노릇이다. 과학의 획기적인 발전에 따라 식기도 점차 편리한 쪽으로 발전되어 왔다. 오랫동안 사용해온 사기그릇과 놋그릇은 관리가 불편했다. 그래서 편리한 스테인리스 그릇이

주부들의 사랑을 받았었지만, 플라스틱이 널리 사용되면서 스테인 그릇은 식탁에서 밀려났다. 이젠 친밀하던 플라스틱과 사람이 불편한 관계에 있으니 과연 가까운 미래에는 어떤 재료가 우리를 기다리고 있을지 매우 궁금하다.

폐플라스틱 쓰레기 중 60%가 바다에서 나오고 40%는 땅에서 수거한 것이란다. 바다에는 수거 가능한 것 말고도 시간이 만든 미세플라스틱이 바다를 떠돌다 물고기들이 물을 흡입하는 과정에서 체내에 축적할 수밖에 없다. 결국은 최종 소비자인 사람의 몸속에 흡수될 수밖에. 사람이 함부로 버린 플라스틱이 몸속에 축적되면 어떤 일이 벌어질까? 강신호 박사는 "미세플라스틱은 유해물질을 흡착할 수도, 갈라진 틈에 병원균이 자랄 수 있어 작은 동식물이나 사람의 건강을 해칠 우려도 크다."라고 한다. 그리고 사람들이 플라스틱의 역습 피해를 줄이려는 노력은 지금 당장 시작해야 한다고 강조했다. 또한 "플라스틱 분리배출 방식을 좀 더 세밀해야 한다."라고 했다.

사람이 일주일 동안 물이나 식품 등을 통해 먹는 플라스틱 양은 신용카드 한 장(5g) 정도란다. 미세플라스틱은 음식물, 의약품, 생수, 천일염에서도 확인되고 공기 중에서도 검출된다는 어느 전문가의 말이다. 실제로 동물실험에서 미세플라스틱이 오장육부에 퍼져있고 혈액 속에서도 발견했다고 한다. 청정지역으로 인식하고 있는 히말라야의 눈 속에서도 남극, 북극에서도 보이니, 플라스틱으로부터 숨을 곳이 없다. 그러나 플라스틱은 인류의 한 획을 긋는 획기적인 발명품이지만 순환 고리가 너무 긴 것이 탈이다. 그런데 엊그제 '하늘이 무너져도 솟아날 구멍은 있다.'라는 속담에 어울리는 굿 뉴스가 떴다.

놀라운 소식은 다행스럽게도 우리나라의 어느 미래기술센터에서 플라스틱을 120일 안에 분해할 수 있는 놀라운 신소재를 개발했다고 한다. 세계가 학수고대하던 신소재는 플라스틱으로 인한 편리함을 넘어 생태계를 위협하는 숙제를 해결할 수 있을까? 플라스틱도 사람과의 껄끄러운 관계가 해소된다면 손을 들고 환호하리라. 이 신소재가 실용화되면 입주민들과 각을 세울 리도 없고 나 또한 분리작업이 즐거우리라. 어쩌면 우리에게 맞춤형 새로운 플라스틱 시대가 올 수도 있지 싶어 희망을 품어도 되겠지.

2022. 10.

썩어야 산다

나의 전생은 농부였나 보다. 어려서부터 할머니가 밭에 가시면 졸졸 따라다니며 풀 뽑는다고 엉뚱한 말썽도 많이 부렸었다. 50대에는 광주(廣州) 고향에 주말농장을 벌였다. 그때나 지금이나 음식 찌꺼기를 발효시켜 거름으로 썼다.

2018년 한여름에는 불지옥이 이사 온 줄 알았다. 위기의식을 느껴 지구환경단체에 가입했다. 을씨년스러운 늦은 오후 어느 날 환경영화를 보러 집을 나섰다. 낮에는 멀쩡하던 하늘이 검은 구름이 몰려다니고 바람이 정신없이 휘몰아치더니 빗방울이 후드득 날씨가 종잡을 수가 없었다. 극장에는 태풍 경보가 시시각각으로 울려도 개의치 않고 환경을 걱정하는 회원들이 홀을 가득 채우고 있었다.

영상으로 보면서도 믿을 수가 없었다. 설마 했는데 사실이었다니! 눈앞에 보이는 것만이 다인 듯이 태평스럽고 뻔뻔하게 살았다. 내가 매일 사용하는 플라스틱 용기가 생명을 죽이는 도구가 될 수 있다는데 할 말을 잊었다. 그 용기에는 뜨거운 것만 안 담으면 괜찮은 줄 알았다. 오로지 가족만을 생각했다. 언제부터인가 가볍고 편리한 플라스틱이 생활 깊숙이 침투되다 보니 공동주택의 쓰레기장, 사람들이 모여 마시고 먹는 장소에는 플라스틱병이 뒹굴어 다닌다. 그들의 재활용은 20%도 안 된단다. 사용시간은 20년인데 그들이 분해되는 시간이 400년이란다. 쪽빛의 드넓은 푸른 바다를 생각만 해도 마음이 설레는 그곳인데, 생명을 죽이는 플라스틱 잔해가 떠돌아다닌단다.

조류학자의 메스가 앨버트로스의 모이주머니에서 만난 것은 인간의 생활용품 잔해였다. 어미들이 바다에서 힘들게 물어다 먹인 찌꺼기가 앨버트로스의 둘레를 삥 두르고도 남을 정도다. 난 분리수거만 잘하면 되는 줄 알았는데, 과학의 발달은 자연과 생명체를 죽이고 있었다. 생각 없이 쓰던 플라스틱이 전혀 편해 보이질 않는다. 바다로 흘러 들어간 플라스틱은 조류에 의해 태평양으로 모여든다. 한반도 크기의 17배보다 큰 플라스틱 쓰레기 섬이 생겼다고 한다. 플라스틱은 햇빛과 파도에 의해 찢기고 부서져 크기가 점점 작아지겠지. 작은 조각이 물 위를 떠다니면 해양 생물체들이 먹이로 알고 주워 먹는다. 이 쓰레기가 어디엔들 안 가겠나.

전에 군사기지였던 흉물스러운 잔해가 남아있는 무인도에서 다큐멘터리를 찍기 위해 8년이 걸렸다고 한다. 사람이 없는 황량한 섬에서, 긴 세월을 자연환경의 피폐를 고발하기 위한 집념이 놀랍다. 감독은 현대인에게 밀착되어 쓰이고 있는 플라스틱이 어떻게 자연을 파괴하고 있는지 알리기 위해 오랫동안 앨버트로스를 촬영한 필름을 가지고 세계를 순회하고 있다고 한다.

다큐멘터리는 우리의 삶의 터전인 지구의 미래를 위하여 어떻게 살아야 하는지 외치는 소리가 들리는 듯 싶다. 아마도 지구인들의 관심은 물결처럼 퍼져 나가리라. 만물은 이 세상에 얼굴을 알렸으면 썩어서 자연으로 돌아가야 한다. 썩지 않으면 재앙이다. 지구는 순환을 계속해서 원래의 자연으로 되돌려야 한다. 사람도 지구의 일원일 뿐 만물과 함께 순리대로 살아가야 할 책임을 져야 한다. 공생의 순리를 지킨다면 아름다운 지구는 영원하리라.

인더 더스트
(초미세먼지는 독이다)

외출하려면 날씨 예보부터 살핀다. 그것은 미세먼지 때문이다. 언제부터인가 이상한 마스크를 쓴 여자들을 보면 외계인을 본 듯 힐끗 쳐다보곤 했다. 몇 년 전인가, 전염병이 창궐해 마스크 없이 외출을 못 하던 때 말고는 마스크를 가까이해 본 적이 없다. 입으로 숨을 쉬는 것도 아닌데 입을 가리면 답답해 참을 수가 없다.

어느 토요일 책을 보다 잠을 쫓으려 TV를 켰더니 "인더 더스트" 2부가 상영 중이었다. 짙은 안개로 뒤덮여 있는 듯 짙은 회색의 미세먼지가 마을을 가득 메우고 있었다. 중무장하지 않고는 밖을 나갈 수 없는 세상이 되어 있었다. 마을 사람들은 좀 더 나은 곳을 찾아 피란을 떠났고, 마을은 전염병이 휩쓸고 지나간 듯 인적이 없고, 짙은 회색 미세먼지 속에서는 흉측한 괴물이라도 나올 듯 을씨년스러웠다. 고층에 살던 노부부는 함께 떠나자고 권하는 이웃에게, 집에서 한 발자국도 움직이지 않겠다고 한다. 노부부는 위로 스멀스멀 올라오는 희뿌연 먼지를 내려다보다 체념한 듯이 침대 위로 올라가 이불을 끌어덮고 조용히 눈을 감는다.

순간 미세먼지를 대수롭지 않게 여기던 나를 외면하고 싶었다. 미세먼지가 우리에게 얼마나 해로운지를 귀에 딱지가 앉을 정도로 들었는데, 소귀에 경 읽기였으니 실로 어처구니가 없었다. 미세먼지를 인지하지도 못하고 계속 몸속에 축적하고 있었다고 생각하니 소름이 돋는다. 독을 조금씩 오랜 기간 먹여 살해했다는 옛날이야기나, 미세먼지를 한동안 먹어 쌓였으니 독을 먹은 거나 별다름이 없잖은가. 초미세먼지 중에는 허파꽈리를 넘어 혈관까지도 침투한단다. 초미세먼지는 독이나 마찬가지다.

연평균 141일, 1년 중 40%나 푸른 하늘을 볼 수 없었다는 계산이다. 환산하면 10일 중 4일을 기준치를 초과한 공기를 마시고 살고 있었다. 미세먼지의 피해 범위는 사람의 활동 영역을 넘어 생태계까지 위협하고 있다. 대기 중에 미세먼지는 토지를 산성화시키고, 식물의 잎사귀 표면에 침적되어 광합성

작용을 방해해 식물의 성장을 느리게 한단다. 미세먼지를 잡지 못한다면 머지않은 미래에 지구의 먹거리가 위협을 받는 날이 올지도 모르겠다.

유독 봄이면 계절풍을 타고 황사가 날아온다고 했던 때가 엊그제 같은데, 황사에서 미세먼지로 익숙해지면서 사계절을 가리지 않고 맑은 하늘을 가리는 형체 없는 괴물이 되어 갔다. 이웃 나라의 급속한 공업 발달은 우리나라의 대기를 점점 더 오염시킬 수밖에 없다. 인간은 살기 위하여서라지만, 결과는 자승자박으로 부메랑이 되어 "인더 더스트"의 최악의 환경같이 될까 봐 두렵다.

가을하늘로 접어들면서 칼칼하던 목드 많이 부드러워진 느낌이다. 그래도 문밖을 나서려면 오늘의 일기예보에 따라 마스크를 착용할 것인지 말 것인지를 선택한다. 미세먼지가 좋은 날은 몸도 마음도 가볍다. 정부에서 대책을 운운하지만, 성과가 미비한 듯싶다. 눈부신 현대문명도 환경을 배려하고 자연과 더불어 공존해야 사람이 사람답게 살 수 있는 세상이 오려니 싶다.

2021.

작은 관심이 지구를 지킨다

일간 신문 뒷면을 뒤덮은 희끄무레한 사진을 한참 들여다봤다. 선명했다면 그냥 지나칠 수도 있었는데, 오히려 소리 없는 소리가 귀청을 파고드는 듯싶었다. 온난화의 무게가 어깨를 짓누른다. 메시지는 택배 상자의 윗면의 테이프를 뜯어낸 그저 그런 모습이다. 분리수거장에 테이프를 완전히 제거하고 올바로 분리 배출된 것이 몇 퍼센트나 될까? 백지장도 맞들면 낫다는데. 잠깐, '상자의 테이프를 떼는 일이 북극곰을 살리는 일이라는데 망설이지 말고 테이프를 떼자.'라고 외치고 싶었다.

좌로 위쪽 4분의 1쯤에는 곰 세 마리가 걸어오고 그 위쪽 사선으로 '당신의 관심으로 북극곰이 살아갈 터전을 지켜주세요'라고 전광판이 공중에 매달려 있는 것 같이 보였다. 오른쪽 아래 귀퉁이에는 '테이프를 뜯으시면 북극의 현실이 보입니다.' 라고 뜯어낸 테이프에 적혀 있었다. 요즘 종이신문 보는 세대가 가뭄에 콩 나는 것만큼이나 드문 서상이지만, 이 광고를 본 사람이라면 분리수거에 대한 개념도 180도 달라졌을 거라고 본다. 지구 살리기는 작은 관심에서 시작한다고 소리 없이 외친 광고니 효과도 소리 없이 널리 퍼져 나가리라.

일주일 후 그 자리에 같은 패턴의 광고는 주연만 바꿔서 두 번째 메시지가 떴다. 크고 작은 6마리의 펭귄이 엉거주춤 어디로 가야 하나? 두리번거리는 모양새다. 다음 광고에는 어떤 동물이 주연이 될까? 지구 온난화의 심각성을 일깨우기 위한 친환경 캠페인의 메시지를 통해, 보는 사람마다 나름 깨닫고 기후위기에 적극적으로 참여하지 않을까.

6월 중순인데 예년 7월 말의 여느 날처럼 수은주가 35도다. 옛날 같지 않은 더위에 식물도 적응이 어려워 소출이 줄어드니 물가 상승에 한몫할 수밖에. 나의 놀이터 옥상의 블루베리는 꽃 피는 시기가 따로따로다. 꽃 피기 전부터 날아들던 많은 꿀벌은 어디로 갔는지 운 좋은 꽃만이 어쩌다 벌을 만난다. 10여 년 함께했지만, 근래처럼 벌을 못 만난 꽃은 시들어 떨어지지도 못하고 눌어붙어 지저분하다. 궁여지책으로 과수원에서는 벌통을 사서 도움을 받는단다. 만나기도 쉽지 않은 벌이 바닥에 죽어있는 것은 변덕스러운 기후 탓인가? 벌들이 따뜻한 줄 알고 나왔다가 얼어 죽는가 보다. 꿀벌이 해마다 줄어든다는 소식은 결국 사과가 아무나 먹을 수 있는 보통 과일이 아니다로 바뀌었다. 우리 집은 아침마다 사과와 요구르트로 가벼운 조식을 하니 여간 신경이 쓰이는 게 아니다. 이렇게 기후위기를 몸으로 체험하면서 기회만 있으면 분리수거를 화제로 올리면 공감하는 이들이 있어 고맙다.

지구의 온도가 전문가들의 예상보다 빠르게 오른다니 남극 북극에 사는 동물들의 삶의 터전이 줄어들고, 빙하가 녹아 해수면이 높아진다고 한다. 지구 온난화 현상의 심각성을 우리는 알고 있다. 아는 만큼 실천이 우선되어야 한다고 생각한다. 설산이 빠르게 없어지고, 빙하가 녹아 바닷물이 늘어나면 바닷가 주민들은 어디로 가야 하나?

6월 5일 세계환경의 날을 시작으로 어느 대기업의 친환경 캠페인은 의미가 돋보인다. 지구 온난화를 늦추기 위하여 기업들의 탄소 줄이기를 지상을 통하여 보고 들으며 기대해본

　　　　　　　　　　　　　　　　　죽어서 삼일

다. 그러나 전문가들의 예측브다 시기가 앞당겨질 수도 있다는 보고는 불안하다. 동네 이장이 확성기로 주민에게 알리듯이, 지구촌에도 지구인 모두가 함께 '작은 관심이 지구를 지킨다.'라고 외치면, 상자에 붙은 테이프는 떼어지고, 탄소 줄이기 캠페인은 불꽃같이 일어날 수도 있을 텐데.

오늘도 아침 일과인 재활용 분리수거장에서 상자의 테이프와 손톱 인사를 했다.

2024. 6.

허접쓰레기를 태우며

나는 불꽃을 좋아한다. 집안일을 도울 나이쯤서부터 아궁이에 불 때는 일을 도맡아 하다시피 했다. 농가 부엌이 거의 그렇듯이 나뭇광이 아궁이에서 떨어져 있어 어린 나이임에도 불 때는 일을 맡겼으리라. 아궁이 앞에 앉아 불 때는 걸 좋아했다. 땔감에 따라 불꽃의 모양이 형형색색 타는 속도가 달랐다. 때로는 온 세상을 삼킬 듯이 요동치는 불꽃의 모습이 두렵기도 했다. 그러나 조용히 소리 없이 타는 불꽃은 아름답고 가없이 평화로웠다. 마른 솔잎은 탁탁 맑은 소리를 내고 불땀이 좋다. 제일 버거웠던 건 청솔 가지였던 것 같다. 굳은 날이면 밀려 나오는 연기에 질식할 듯 눈물범벅이 되었다. 볏짚이나 보릿짚은 바람만 통하게 뒤척여 주면 순둥이가 따로 없다.

불꽃은 가장 강렬한 꽃이다. 양철통 안에서 솟아오르는 불꽃은 세상에 어느 꽃보다 더 붉다. 타람이 졸고 있는 날에는 티끌 한 점 없는 붉은 혀끝은 통속이 좁다고 늘름대다 어느 순간 기력이 다했는지 자지러든다. 나드 맥이 떨어져 주저 물러앉을 것 같다. 입김을 불어 불을 살리면 언제 그랬냐는 듯이 불이 춤을 춘다. 안쓰러운 죽음 앞에서 사람도 숨을 불어 넣으면 이렇게 소생할 수 있다면 얼마나 좋을까! 이렇게 엉뚱한 생각을 하면서 가끔 허접쓰레기를 태우며 내 몸속의 쓰레기도 함께 태운다.

주로 토요일 밤에 불꽃놀이를 한다. 불을 피울 수 있는 옥상이 있어 참 다행스럽다. 옥상에서 채소를 기르니 심심찮게 쓰레기가 쌓인다. 어느 늦가을 대낮에 고춧대 십여 대를 화단에서 태웠더니, 이웃에서 연기가 들어온다고 거센 항의가 들어왔다. 이때는 젊은 이웃 인심이 고약하다고 서운했는데, 그때 이웃들이 참아 주었더라면 오늘의 이런 즐거움도 없었으리라.

불놀이는 밤이라야 오롯하다. 그렇다고 낮이라고 안 될 것은 없지만 생생한 불꽃은 캄캄한 밤이라야 제대로 드러난다. 쓰레기 처리장에서 주워온 양철통의 사방에 구멍을 몇 개 뚫는다. 신문지로 불씨를 만들고, 종이 상자를 찢어서 허접쓰레기에 불을 사른다. 사람들도 각각 성정이 다르듯이 나무들도 저마다 자신을 사르는 불꽃의 모양이 다르다.

소나무는 손쉽게 구할 수 있어 땔감으론 제격이다. 향도 좋고 불땀도 좋다. 지름 30여cm의 작은 통에서 잘도 탄다. 그런데 순해 터진 사람 같다. 재미로 불을 피우는데 튀는 소리가 나든 지, 지글, 짜글거리든지, 불꽃이라도 이글거리면 좋으련만 이도 저도 아니다. 그래도 소나무는 탄 뒤에는 숯을 만든다. 천변에 버려진 아카시아를 주워다 태워 보니 지글거리며 오래 타서 좋긴 한데 구린내가 난다. 오월이면 하얀 꽃송이에서 달착지근한 향긋한 내음으로 유혹하던 나무에서 나는 냄새라니, 믿을 수가 없다. 겉으론 신사인 척하던 유명인들의 성추문 사건을 마주 대하는 듯 소름이 돋았다.

십 대의 풋풋한 기억이 떠오른다. 어느 가을밤 외갓집 뒤꼍에 널린 밤송이 껍질을 모닥불에 던졌다. 눈 깜짝하는 사이에 작은 바늘 같은 가시가 호로록 타는 모양이 미처 놀랄 새도 없이 새빨간 공이 나타났다. 하늘에서 떨어졌나, 그토록 맑고 황홀한 빨강 공을 본 적이 없다. 넋을 놓고 바라보고 있는데 그곳에는 뽀얀 재만 있었다. 마른 밤나무 가지는 불티가 하늘로 치솟는 모양이 꼭 반딧불이 근무를 추듯 현란한 불꽃에 취해 아름다움에 함성을 질렀다. 밤나무 불꽃 구경에 취해 정신이 혼미해져 갔다. 밤나무를 태우면 독성이 있어 어린이는 위험하다고 한다. 그도 염두에 둘 일이다. 모닥불을 만나면 나무의 특성에 대해 관찰을 해 봐야겠다.

어느 분의 글을 보니 은행나무는 불꽃놀이 용도로는 쓸모가 없다고 한다. 가을이 깊어지면 황금 면류관을 쓰고 있는 듯 품위가 돋보이는 나무다. 바람 타고 유유히 떨어지는 은행잎은 보도에 황금 카펫을 깔아 놓는다. 목재나 약재로도 쓰이는 나무인데 불꽃놀이에는 영 아니란다. 마른 은행잎을 태워 봤더니 불땀이 영 시원치 않았다. 사람은 지내봐야 알고 물은 건너봐야 안다더니 직접 태워 보면 저마다의 특성을 알게 되더라.

나무의 꿈은 활활 타오르는 불꽃일지도 모른다. 어쩌다 왕궁의 기둥이 되어 언제까지나 지붕을 받치고 있는 것이 힘이 들어 재가 되어 땅으로 돌아가길 원할지도 모른다. 나무라고 자유가 그립지 않을 리 없다. 새로운 세상을 그리워하지 말란 법도 없다. 사람이 죽으면 한 줌의 재가 되듯이 나무들도 땅으로 돌아가 재가 되어 다음 서상을 꿈꾸지 않을까? 사람이 살아

가면서 자기만의 불꽃을 태우며 온 힘을 다하듯이, 나무도 환경에 따라 살기 위하여 처절한 고통을 이겨내는 것은, 마지막 희망인 붉디붉은 불꽃으로 생을 마감하고 싶어서인지도 모르겠다. 활활 타오르던 불꽃도 사람도 순간에 끈을 놓고 돌아가지 않던가.

오늘도 양철통에 불을 사르면서 허접쓰레기들의 마지막 꿈에 안내자가 아닐까, 하는 자부심을 품어도 될는지!

3부

고상의 변신

태양의 열꽃이 한결 수그러드는가 싶더니, 햇살의 입맞춤이 산뜻하다. 허수아비가 바빠지고 사람도 초목도 서서히 변신을 꿈꾸는 계절이다. 생명체는 대체로 본질의 모습을 벗어나지 않고 해마다 변화를 거듭하며, 자연의 일원으로 살아간다. 그러나 본질은 같은데 본연의 모습이 변하면 우린 낯설어한다. 그래서 선입관이란 정말로 대책이 없다. 냉장고에 넣었던 걸 꺼내려고 아무리 찾아도 보이지 않을 때가 있다. 이를테면 파란 뚜껑을 덮었다는 선입관이 문제다. 뇌는 보고 싶은 것만 보라고 하는 모양이다.

성당을 신축하여 분가했다. 늘그막에 어쩌다 주말부부가 되어 서울과 전주를 오르내리느라 눈코 뜰 새도 없었다. 그간 제대의 십자가를 제대로 쳐다보지도 않은 모양이다. 어느 일요일 눈앞에 새까만 예수님이라니! 까만 고상보단 편안한 한복을 입은 예수님이 훨씬 낯설지 않을 것 같았다. 한복을 입은 성모님을 처음 봤을 때 얼마나 친근하게 다가오던가. 아프리카에 가니 까만 성모님이 있다는 애길 들었는데, 아마도 아프리카에서 오신 예수님이려니 했다. 시간이 꽤 흘렀지 싶은 어느 날 성전에 들어선 순간, 난 십자가의 변신에 말문이 막혔다. 이런 걸 변신이라고 해야 하나? 양복에 짚신을 신고 갓을 써도 이런 느낌은 아니겠지. 황금 십자가에 매달린 황금색의 예수님이라니! 너무나 상반된 이미지에 혼란스러웠다. 검은 고상은 피부색이 그러면 어쩌랴 싶어 그냥 넘어가기로 했는데. 어쩌다 운영위원님들이 그런 색상을 선택했을까?

한복에는 외씨버선에 코고무신이 어울리듯이 나름대로 구색이 맞아야 보는 이가 편안하다. 그런데 십자가에 달린 예수님이 황금색이라니! 미사 때마다 죄라도 지은 듯 안절부절 교우들의 눈치를 살핀다. 맞지도 않는 남의 옷을 빌려 입은 듯 불편했다. 사람들은 이 변신을 어떻게 받아들이고 있을까? 점점 미사 시간이 부담스럽고 성전에 앉아 있으면 불청객처럼 뭉그적거려졌다. 다른 이들도 이렇게 나같이 집중하지 못하고 엉뚱한 생각으로 헤매고 있을까?

세월이 흘러 그나마 색이 퇴색해 추레해지니 보기가 민망할 지경이다. 새 신부님이 오신지도 일 년은 넘었지 싶은 어느 주일, 성전에 들어서니 고향에 돌아온 듯 아늑하고 평온해지는 느낌이 들었다. 그간 얼마나 힘드셨을까! 나도 모르게 눈시울이 젖었다. 나만 마음고생을 했던 게 아닌 모양이다. 교우들의 이야기도 있었고, 낡기도 해서 운영위원들과 상의해서 제단의 십자가를 바꿨다고 신부님이 말씀하셨다.

나는 그동안 다른 사람들은 어찌 생각했는지 궁금해서 독서 포럼 시간에 이야기를 꺼냈다. 그런데 나와는 전혀 다른 의외의 발언을 들으며 선입관이란 단어에 붙잡혔다. 십자가는 이래야 한다는 편견에 사로잡혀 불편했던 모양이다. 그런데 어느 젊은 교우는 당시 사업 문제로 힘들었는데 십자가가 황금색으로 바뀌니 자기에게 좋은 일이 일어날 것 같은 희망이 보이더란다. 난 고정관념에 사로잡혀서 마음고생을 했고, 편견 없이 있는 그대로 바라본 그녀는 황금색에서 희망을 볼 수 있었던 모양이다.

겉모양이 달라졌다고 본질이 바뀌는 건 아니다. 그런데 십

자가가 검다고, 황금색이라고 일요일이면 얼마나 혼란스러워
했나. 변신은 무죄라는데. 세상에 무엇이 옳고 그르다고 할 수
있는가? 각자의 생김새가 다르듯이 생각과 느낌이 다를 뿐인
데. 왜 맨날 사서 고생하는지 모르겠다. 원래는 하나로 귀착될
수밖에 없는데.

기생충 영화를 보고서

주차장을 청소하러 내려오니, 7시나 돼야 오던 신문이 편지함에 꽂혀 있었다. 별일이다 싶어 주위에 널린 담배꽁초를 대강 줍고 신문을 펼쳤다. 대서특필로 칸 영화제 수상 소식이 신문을 뒤덮고 있었다. 우리는 그동안 칸 영화제에서 여우주연상, 감독상, 각본상, 심사위원대상을 받았다. 그렇게 아쉬움을 남기곤 했는데 드디어 〈기생충〉으로 최고상인 황금종려상을 안았다. 세계의 그 많은 작품 중에서 솟아났다는 것은 빈자와 부자라는 평범한 소재를 감독의 독특한 상상력이 우리만의 삶의 양식을 버무려서 지구의 공감대를 끌어낼 수 있었기에 가능했으리라. 각본까지 직접 쓰고 영화를 만든 감독이 시상대에서 남자 주인공에게 공로를 추켜세우는 모습이 아름다워 더 빛이 나지 않았나 싶다.

<기생충>은 아무리 발버둥을 쳐도 희망이 보이지 않는 지하방의 백수 아들이 우연히 부잣집 과외선생으로 들어가면서 온 가족의 기생을 안내하는 자가 된다. 숙주에게 그럴싸하게 거짓말로 사기를 쳐서 기생을 시작한다. 그러나 그곳에는 이미 다른 기생자가 오랫동안 안주해 있었다. 기생충으로 만난 난관은 또 다른 기생충과의 사투다. 한 집안 공간에서 기생충끼리 영역을 두고 혈투를 벌일 수밖에 없는 현실이 기가 차다. 아무리 발악을 해도 상황이 달라지지 않을 때 틈새가 보이면 기생은 삶의 한 양식으로 자리 잡게 될 수밖에 없는가 보다.

그런데 상층과 지하층의 공존을 위협하는 것은 냄새다. 안내자의 아버지 기택은 박 사장의 선을 넘지 말라는 말에 전전긍긍하지만, 가난이라는 환경에서 배어나는 냄새는 어쩔 도리가 없다. 차 안이라는 좁은 공간 속에서는 상석인 뒤로 스며드는 냄새를 차단할 방법이 없잖은가. 근거리에서 그때마다 내뱉는 냄새 타령의 모멸감을 견딜 수 있으려나. 아이의 생일 파티장인 정원에서도 냄새 운운하는 주인의 눈치를 보며 킁킁거리던 그는 자기혐오에 모멸감이 극에 닫한 순간 기생충은 숙주를 잡아먹는다. 숙주네 지하 공간에는 기택네 기숙자들이 오

기 전부터 있던 또 다른 기숙자와 자리를 확보하기 위한 투쟁이 벌어졌다. 사람 사는 기묘한 설정이 놀랍다. 애당초 기생충들이 사기극을 시작했을 때부터 결말은 정해져 있었던 건 아닐까? 만약 부자들의 선심에 감사하며 제 길을 묵묵히 걸어가는 결말이면 관람객의 관심은 몇 도나 됐을까?

12세에 감독을 꿈꿨던 봉준호는 자기만의 독특한 상상력과 색깔로 영화를 만들어 왔고 앞으로도 그러할 것이다. 이 작품은 두 부류의 사람들이 만나면서 벌어지는 상황을 긴박하게 끌고 가면서 여기저기 틈새에서 웃음을 팍 터지게 하는 유머가 소소한 재미를 안겨 줘 지루할 틈이 없다. 이 영화는 냄새를 매개체로 영화의 고리를 이어 가는 게 특이하다. 영화를 보는 내내, 마치 냄새를 맡기라도 할 듯이 집중하게 만든다. 냄새라는 게 상대방이 누구냐에 따라 느낌이 다른가 보다. 사장은 운전사에게 낯선 냄새에 선을 넘지 않기를 바라지만, 그 딸은 반지하 아들과 키스를 나누는 걸 보면 감정에 따라, 같은 냄새라도 다르게 느낄 수도 있지 싶다.

기생충이란 다른 생물에 기생하며 사는 동물을 말한다. 기생충 하면 껄끄러운 느낌을 없애 버리려고만 한다. 너무 깨끗

　　　　　　　　　　　　　　　　　　죽어서 삼일

한 물에서는 생물이 존재할 수가 없다고 한다. 사람이란 동물도 애당초 혼자서는 살 수 없는 동물이기에 모두가 상대방의 기생충이 아닐까? 혼자서는 존립 자체가 어려운 어린애나, 노인들은 누군가의 도움이 있어야 존립할 수 있다. 그래서 우리는 적당히 어울려 공생하며 상생할 수밖에 없는 존재들이 아닐까?

봉준호 감독은 부자가 빈자의 존엄마저 짓밟는 폭력이 판치는 세상을 향해 타협할 수 없다고 온 힘을 다하여 고함을 지르는 듯싶다. 재미있으면서도 안타깝고 뒤끝이 씁쓸한 건 사회의 단면이 너무 실감 나서일까?

2019. 5.

염천(炎天)에 책 읽기

도서관을 찾았더니 빈자리가 없다. 하는 수 없이 어린이들의 방으로 갔다. 이 방이 좋은 점은 아동 도서밖에 없지만, 시간 보내기에는 제격이다. 방에는 동화책을 수북이 쌓아 놓고 읽는 아이, 엎드려 머리를 맞대고 키드득 웃으며 만화책을 뒤적이는 남매인 듯한 아이들. 한쪽에서는 영어 동화책을 대학생 봉사자가 읽어 주고, 주위에는 엎드려 턱을 괴거나 고개를 젖히고 호기심 가득한 눈을 반짝이는 아이들이 둘러앉아 있었다. 외손녀와 유치원부터 초등까지 주말이면 동행했었으니 익숙한 풍경이다. 그 아이가 고등학생이 되었으나 난 스스럼없이 아이들 틈에 자리를 잡고 앉았다. 홀에는 초등 고학년생들이 공부하기보다 만화책을 보거나, 들락거려 어수선했다.

지난해보다는 덜 덥다고는 하지만 여전히 불볕더위는 위협

적이다. 중복임에도 불구하고 만석인 것을 보니, 불볕더위가 여름을 독서의 계절로 정착시키는가 보다. 양산을 써도 내리꽂히는 살인적인 햇볕은 물가에 가기보다 안전한 도서관이 피서하기에 제격이지 않은가. 시원해서 좋고, 입장료도 무료, 책도 공짜로 빌려 볼 수 있으니 피서하기에 안성맞춤이다. 무더위에 제일 쉬운 일이 책 보는 일이지 싶다. 젊은 엄마였던 어느 여름 산달을 앞두고 더위를 이길 수 있었던 것도 바로 책 읽기였다. 유난히 입덧이 심해 잘 먹지를 못하고 하루하루를 겨우 버티고 있었다. 저학년 아이가 어느 날 만화가 아닌 무협지를 빌려다 읽는 걸 옆에서 훔쳐보다 그만 재미에 폭 빠졌다. 8월 한 달 내내 동네 책방을 다 털어 읽었던 기억이 생생하다. 무협지를 잡았다 하면 중독성이 있어 끝까지 읽을 수밖에 없다. 협객들의 장쾌한 의협심과 소소한 위트가 독자를 웃기고, 주인공들의 지고지순한 사랑놀이에 빠져 더위를 이겨냈으니 이보다 좋은 피서가 또 있을까?

책을 읽는 데 무슨 계절이 있겠느냐만 기온 상승은 염천을 피해 도서관으로 피란을 왔다. 책의 숲속에 왔으니 뭐라도 읽어야 한다. 어쩌다 염천의 계절이 강제 독서의 계절이 되었다.

책을 읽을 목적보다 더위를 피해 도서관을 찾은 사람들이 서가를 어슬렁거리다 눈에 익은 제목에 끌려 책을 뽑아 들고 몇 줄 읽노라면 다른 세상으로 빨려 들어간다. 이런 지적 능력은 인간만의 고유한 영역이다. 해방기와 육이오를 거치며 농촌에서 자란 우리 세대의 초등시절은 교과서 외에 책을 접하기란 하늘의 별 따기보다 어려웠다. 책을 마음대로 접할 수 있는 작금의 환경의 아이들은 어른들보다 훨씬 뛰어날 수밖에 없으리라. 초등학교 시절 교과서 외에 내 소유의 책이라곤 만화책 세 권이 전부였으니까.

사가독서 정책을 제일 먼저 시작한 이는 세종대왕이다. 일찌감치 독서의 중요성을 깨닫고 집현전 젊은 학사 중 인재를 선발해 책을 읽도록 휴가를 주었다. 사가 독서의 힘은 한글을 창조하는 데 일조를 했으리라. 창의적인 발상은 백성이 편안한 태평성대를 이루지 않았나 싶다. 빌 게이츠는 "오늘의 나를 있게 한 것은 우리 마을의 도서관이다. 하버드의 졸업장보다 소중한 것이 책을 읽는 습관이다."라고 했다. 소프트 은행 회장인 손정의는 인터넷 사업을 활발히 하던 중 만성 간염으로 3년 입원을 했다. 그동안 4000여 권의 책을 읽었다. 아마

　죽어서 삼일

도 그때의 독서량이 그의 사업경영에 지대한 영향을 끼쳤으리라 본다.

몇 년째 허리가 시원치 않아 변변한 피서 한 번 못 가고 방콕으로 버티고 있다. 그동안 쌓아 놓은 책도 보고 정리를 하다 보면 놓친 책을 건져 탐독하는 재미에 빠져 여름이 빨리 간다. 어떤 때는 두어 시간 읽노라면 눈이 거북해 책을 덮을 수밖에 없다. 그나마 다행인 것은, 고도 근시였던 눈이 백내장 수술로 안경 없이도 생활할 수 있으니 현다 광학 기술에 고마울 뿐이다. 노안이 침침하다고 하소연하는 주위 사람들의 이야기를 들을 때마다 안도의 숨을 내쉬게 된다. 귀는 시원치 않아도 책 읽는 데는 지장이 없으니 고마울 뿐이다.

아동 실은 성인 실보다 일찍 문을 닫으니 방학이 끝나기 전에 또 와야겠다. 그래도 도서관에 온 덕분으로 읽기가 쉽지 않은 소설을 읽을 수 있어서 마음이 가볍다. 《잃어버린 시간을 찾아서》는 읽기를 미뤄 두고 있던 공쿠르상 수상작이다. 초로의 사설탐정이 왜 기억을 잃었는지 모르는 채 자신의 과거를 찾아 나서는 고비마다 촘촘한 서술이 읽어 나가기가 쉽지 않다. 총기가 무뎌져서인지 낯선 지명, 등장인물을 인지하기가 쉽지 않아 책장을 뒤로 넘기기 일쑤니, 방학이 끝나기 전에 완독하려면 도서관에 두어 번 더 방문해야 할 모양이다.

어린 시절 책이 많은 분위기에서 자란 성인은 문해력, 수리력, 컴퓨터 활용능력이 뛰어난 것으로 나타났다고 한다. 이런 연구결과를 볼 때 책의 숲에서 놀 수 있는 도서관이 곳곳에 있어 누구나 쉽게 접할 수 있으면 정말 좋겠다. 무더위 속을 뚫고 찾아온 도서관에 자리가 없어 되돌아가는 길은 지옥이 따로 없겠지. 그래도 말복이 지나면 된더위도 가을에 밀려나기를 기다리며 견디고 있는 것이리라.

2019. 삼복중에

인사동은 예술의 일 번지

인사동 길목으로 꺾어 들자 입꼬리가 절로 올라갔다. 우리만의 전통과 현대예술이 거기에 공존하고 있었다. 뒤안길에는 사람들이 물결처럼 흘러갔다. 어디선가는 낯익은 얼굴이 불쑥 나타날 것만 같았다. 점포가 쭉 늘어선 골목에서 우리만의 다양한 전통문화가 한눈에 들어왔다. 인사동은 과거와 현대가 공존하는 우리의 문화 일 번지가 아닐까! 라는 생각이 들었다. 전주에서 출발할 때는 멀쩡하던 하늘에 검은 구름이 몰려들더니 빗방울이 후두두 떨어지기 시작했다. 갤러리는 좀 더 가야 할 텐데 난감했다. 휘둘러봐도 우산을 파는 가게는 없었다. 어느새 거리는 우산이 둥둥 떠다녔다. 소나기가 쏟아지면 파란 비닐우산을 사라고 외치던 그때가 엊그제 같아 두리번거려도 깜깜무소식이다. 난감하여 한참을 망설이고 있으니 빗소리가 잦아들었다.

　화랑의 전면에는 손길에 길들은 고풍스러운 반닫이가 눈길
을 끌었다. 할머니의 반닫이를 닦고 쓰다듬던 어머니의 모습
이 떠올라 눈을 감았다. 그때 친구가 이름을 부르며 다가왔다.
몇 년 만의 상봉인가. 인천과 전주라는 장애가 너무 컸나. 이
웃에 살았다면 아무 때나 불쑥 찾아가도 흉이 안 되는 친구인
데. 어느 겨울 오후에 찾아가니 동네 아이들 댓 명과 아랫목에
서 이불을 둘러쓰고 동화책을 읽고 있었다. 아이들을 좋아했
던 그녀는 초등학교 선생님이 되었다. 어느 날 명예퇴직을 했
다는 소식을 듣고 의아했다. 얼마 후 그녀는 화가가 되어 있었
다. 하긴 미대 진학을 꿈꿨던 적이 있는 친구이니까.

　이미 도록을 통해서 접했던 풍경들이 살아서 따뜻하고 평안
하게 다가왔다. 인천에 살아선지 부두와 배를 주제로 그린 작
품이 많았다. 대작인 "만선의 꿈"은 보고만 있어도 만선의 풍
요를 향한 힘의 에너지가 넉넉해 부자가 될 것 같았다. 큼직한
액자 속의 "고택"은 절반이 대문을 차지하고 있었고 중앙에는
예사롭지 않은 태극기 문양이 그려져 있었다. 기와지붕에는
햇빛이, 밑의 문짝은 그늘져 어둡다. 반쪽의 공간에는 순백의

　　　　　　　　　　　　　　　　　　　　　　　　죽어서 삼일

빛이 머물고 있어 고가이면서도 음침하지 않고 밝아서 호감이 간다. "고향"과 "여행길"은 사람 사는 따뜻한 밝은 기운이 좋아 거실에 걸어 놓으면 좋을 듯싶었다. 그림에 문외한인 나지만 그녀의 작품을 보면서 마음이 안온해져 갔다. 그림을 통해 치유를 받는다는 사실을 온몸으로 느끼며 고마웠다. 사실은 한 점 사고 싶었는데, 고객과 그녀가 하는 얘기를 듣고는 접었다. 사고 싶었던 그림이 내 호주머니 사정과 꽤 거리감이 있었다. 그리고 집안 곳곳을 아무리 돌아봐도 걸어 놓을 위치가 마땅치 않았다.

그녀와 헤어져 여러 전시장을 기웃거리다가 '황칠 공예전'에 들렀다. 몇 년 전 책에서 읽고 호기심으로 황칠 한 그루를 기르고 있다. 그런 인연이 황칠 공예전어 이끌려 매력에 푹 빠졌다. 황칠 액은 소나무 송진과 비슷하다. 투명한 담황색을 띠며 그 빛은 금빛처럼 찬란하여 갑옷과 투구에까지 칠했다는 기록이 삼국사기에 있다고 한다. 일설에 의하면 당나라가 고구려에 패한 원인이 갑옷과 투구에 칠한 황칠 때문이었다고 한다. 햇빛의 반사작용으로 눈이 부셔 싸움을 할 수 없었다고 한다. 금빛 찬란한 달항아리는 그 자체만 놓고 봐도 각박한 인심과는 동떨어진 푸근한 모양새에 황칠을 하니 대보름달보다 더 환하여 눈을 반감하고 봐야 했다. 단풍나무, 호두나무로 만든 목기에 옻칠하면 천년이 가지만, 황칠을 하면 만년이 가도 그 빛이 바래지 않는다고 한다. 우리가 유기그릇을 두고도 안 쓰는 것은 얼룩이 지기 때문이다. 그런데 황칠을 칠하면 변하지 않는다니 전통의 놋그릇을 편하게 사용하는 날이 오지 않을까. 아마도 머지않아 여름이면 필수품인 합죽선에도 황칠을 올려 멋을 더하여 금부채가 생길 수도 있겠다. 불화 수월관음도는 고려 14세기의 작품으로 비단 위에 황칠을 하고 그렸기에, 지금까지도 채색이 아름답게 남아 있어 시대를 초월한 황칠의 위엄에 감격하지 않을 수 없었다.

다산 정약용의 "황칠가"에서 황칠의 역사를 들여다보자. 궁복산(완도)에 가득한 황칠나무 / 금빛 수액 맑고 빤짝빤짝 윤이 나네 / 아름드리나무에서 겨우 한 잔 넘칠 정도 / 중략 / 납지(백랍 먹인 종이) 양각(염소 뿔을 고와 얇고 투명한 껍질로 만들어 씌운 등) 모두 다 무색해서 물러나네 / 이 나무 명성이 천하에 자자해서 / 박물지에 왕왕이 그 이름 올라있네 / 공물로 지정되어 해마다 실려 가고 / 징수하는 아전들 농간도 막을

길 없어/ 지방민들 그 나무를 악목이라 이름하고 / 밤마다 도끼 들고 몰래 와서 찍었다네. 해마다 공물을 바쳐야 했던 주민들이 얼마나 시달렸으면 황칠을 악목이라 했을까? 중국 자금성이 금빛으로 번쩍이는 것은 황금이 아니라 우리나라에서 수탈해간 황칠이란다.

이러한 수난을 겪으며 명목이 끊어졌었다. 삼십 년 전 우연히 완도의 산속에서 집단으로 자생하고 있는 황칠을 발견했다. 그렇게 부활한 황칠은 예술작품이나 화장품의 원료로 잎은 차로 사용하고 있다. 이토록 특별히 소중한 황칠은 우리의 귀중한 자원이다. 지금 우리 앞에 예술로 승화되어 황칠의 아름다움을 보니 전이나 지금이나 인사동은 우리의 문화의 일번지가 분명하다. 퇴근길 물결 따라 걷다 보니 지하철 정거장이다. 갈 길이 멀어 다음을 기약하고 아쉬움을 달래야 했다. 전주에서는 대면할 길이 없는 새로운 문화를 접하려면 서울로 가야만 한다. 그게 어디 말같이 쉬워야지! 그래서 말 새끼는 제주로, 사람 새끼는 서울로 보내야 한다는 속담이 생겼나 보다.

천년 세월이 비켜 간 고려청자

마음이 있으면 몸은 언젠가는 따라가기 마련인가 보다. 꼭 언젠가는 실물을 확인하고 싶었던 고려청자를 만나려 "대한 컬렉션"을 찾았다. 전시장은 조요(비쳐서 밝음)하고 숙연한 기류가 흐르고 있었다. 숨소리조차 조심스러워 나도 모르게 살금살금 고양이 걸음을 걷고 있었다. 그곳에는 고려와 이조의 유물들의 지난 이야기가 오롯이 흐르고 있었다. 간송 전형필이 전 재산을 털어 수집한 고려청자는, 천년의 세월이 무색하게도 맑고 깊은 푸른빛의 아름다움을 형용할 적절한 단어를 모르겠다. 이토록 아름다운 청자를 빚은 이는 우리의 조상이다. 그러나 일제강점기에 각국의 골동품 수집가들의 각축장이 되어 많은 유물이 외국의 박물관이나 개인의 소장품이 되어 멀리 타국으로 떠났다.

삼일운동 100주년 기념 청자 특별전을 관람하러 전국에서 애호가들의 발걸음이 줄을 잇고 있었다. 간송 미술관 설립자 전형필은 경성 미술 클럽을 통해 자비로 고려와 조선의 보물을 일생 수집하였지, 판매한 적은 없다고 한다. 누구는 나라를 팔아 호의호식하는데 내 나라의 문화를 지키고자 재산을 털어 보물을 수집한 이런 분이 없었다면, 생각하니 아찔했다. 청자와 백자 20여 점은 영국인 골동품 수집가 "존 가르비"를 설득하여 구매하였다는 작품이 눈길을 끈다. 국립 중앙박물관이 개최한 "대 고려 918-2018, 그 찬란한 도전"의 전시한 보물들은 잠시 바다를 건너 조국을 찾아왔지만, 또다시 보내야 한다는 현실이 애달프다. 간송 미술관의 브물들은 보고 싶으면 언제나 만날 수 있다는 사실이 얼마나 다행인지 모른다. 우리 문화를 지켜 낸 한 개인의 신념과 의지에 고마움을 아무리 마음속 깊이 새겨도 모자랄 듯싶다.

당시 경성의 기와집 한 채 값이 1000원이었다. 그런데 기와집 20채 값을 주고 샀다는 "천학 매병"은 어떤 보물일까! 청자 매병은 천년의 세월을 갈무리한 채 당당히 존재하고 있었다. "구름 사이로 학이 날아올랐다. 한 마리가 아니라 열 마리, 스무 마리, 백 마리, 구름을 뚫고 옥빛 하늘을 향해 힘차게 날갯짓을 한다. 불교의 나라 고려가 꿈꾸던 하늘은 이렇게도 청초한 옥색이었단 말인가. 이색이 그토록 그리워하던 영원의 색이고 무아의 색이란 말이냐. 세속 번뇌와 망상이 모두 사라진 서방 정토란 이렇게도 평화로운 곳인가."라고 전형필 전기에서 천학 매병을 찬탄하였다.

청자상감운학문매병은 적절히 벌어진 어깨에서 굽까지 흐르는 곡선이 아름답다. 원 안에는 상감된(금속 도자기 등의 표면에 각종 무늬를 파서 그 속에 금은 등을 넣어 채우는 기술) 날아오르는 학, 원 밖에는 아래로 내려오는 학 예순아홉 마리가 금방이라도 날아갈 듯 생동감이 느껴진다. 어느 누가 날아오를 것 같은 이 순간을 재현할 수 있을까? 과학이 발달한 현대에서도 청자색을 재현할 수 없다고 하니. 둘러보고 또 둘러보면서 후손들의 뇌리에 전해져 내려오는 DNA가 언젠가는 이루어지리라는 희망을 품어 본다.

청자 오리 연적을 보니 어렸을 때 할아버지의 연적이 연상된다. 직사각형의 맑고 진한 푸른색의 조그마한 연적을 유난히 아끼셨다. 그것이 고려청자 연적인지는 알 수 없으나 항상 벼

　　　　　죽어서 삼일

루 옆에 두고 붓글씨를 쓸 때마다 벼루에 물을 졸졸 따르고 먹을 갈았다. 그 외에도 여러 모형의 연적을 선반에 소중하게 보관하셨다. 6.25 피란길에서 돌아오니 집은 폭삭 타고 재만 소복이 남았다. 할아버지의 소중한 연적은 피난을 함께하고 돌아왔었는데, 그 연적은 언제 어떻게 사라졌는지 알 길이 없다.

오리가 헤엄치는 모습을 형상화한 연적은 보석 같다. 잡티 하나 없이 맑고 깊으면서도 영롱한 비색이다. 통통한 오리가 두 발은 감추고 꼬인 연꽃 줄기를 입에 물고 있다. 등에 있는 연잎 쪽으로 물을 넣고, 주둥이의 오른편으로 물을 따른다. 조금만 기울이면 아기 오줌이 쪼르르 나올 것만 같다. 현재 전하는 오리 연적 중에서 가장 뛰어난 작품이란다.

아무리 보고 또 봐도 매병에서 눈을 뗄 수가 없다. 눈만 감으면 떠오르는 청자, 조선백자를 뒤로하고 애써 발걸음을 돌려 나오려는데 젊은 사람들이 전시장으로 우르르 몰려온다. 어느덧 퇴근 시간이 되었나 보다. 그윽한 청잣빛의 배웅을 받으며 떨어지지 않는 발길을 돌려 나왔다. 어둠이 내려앉고 있는 입구 간판 "대한 컬렉션"이 우아한 비색 청자와 겹쳐 보였다.

어스름이 내리는 거리를 사람들에 휩쓸려 지하철 정거장을 어림하여 걷다 보니 배에서 꼬르륵 소리가 났다. 그리고 보니 점심도 잊었던 하루였다. 위장도 청자 비색에 매료되어 이제 정신이 든 모양이다. 천년을 지켜 온 청자의 비색은 만년이 되어도 그대로일 것 같은 천학 매병이다. 고려청자에 취해 오롯이 혼자만의 행복한 시간을 만끽한 하루였다.

추억의 담뱃대

대나무 숲을 지나 죽공예품이 진열된 매대로 돌아드니 아래쪽 구석에 둥근 통에 담뱃대가 가지런히 꽂혀 있었다. 그걸 바라본 순간 금방이라도 땅땅 쇳소리가 울릴 듯싶어 못 박히듯 멈춰 섰다. 할머니의 담뱃대가 순간 떠올랐다. 불어 보니 먹통이다. 사용하는 이 없다고 놋쇠로 만든 담배 담는 통도 물부리도 막혀 있었다. 아무리 그렇기로서니 숨구멍도 없이 모양만 비슷하게 만들어 놓다니 속은 것 같아 가음이 편치 않았다. 유년 시절 연기가 솔솔 나는 담뱃대를 발견한 빈방, 먼 산을 바라보며 담뱃대 문 모습이 멋있다는 생각에 담뱃대를 물고 할머니 흉내를 내다가 독한 연기에 숨이 넘어가도록 혼비백산했던 기억이 새삼스럽다. 이런저런 그리움 속에서 친근하게 다가오던 담뱃대를 두고 되돌아서려다 손자들과 나눌 이야기 소재가 될 듯싶어 집어 들었다.

우리 할머니의 위세는 대단했다. 할머니의 담뱃대 두드리는 쇳소리가 울리면 온 식구가 긴장해 발걸음도 숨을 죽였다. 어떤 리듬으로 재떨이를 두드렸느냐에 따라 그날의 집안 분위기가 짐작됐으니까. 장죽 담배통과 놋쇠 재떨이가 부딪치는 순간 불호령이 떨어질 것 같은 착각에, 온몸이 긴장으로 팽팽해져 숨을 고르다 보니 일행이 아무도 없었다. 서둘러 담뱃대를 샀다. 할머니 돌아가신 지 40년이 지났으나 어제 일인 양 생생함은 그리움인가.

옛날이나 지금이나 시대에 편승하는 풍토는 마찬가지인 듯싶다. 더구나 요즘은 애연가들의 설 자리가 없다. 웬만한 공공시설은 금연구역으로 지정되어 있으니까. 그렇게 흡연 인구가 주는 듯싶어 반갑다. 요즘에도 여자들이 드러내 놓고 담배를 피우려면 눈치를 보니 남녀평등은 멀었지 싶다. 그런데 1950년대 전후로 우리 동네 할머니들은 담배를 피우는 게 어색하거나 부끄러운 일이 아니었다. 동장군이 설치는 한 겨울이면 우리 집 안방 화로에는 장죽이 자리 잡는다. 일찍이 청산이 된 작은댁 할머니, 웬만한 점쟁이보다 낫다는 술이 할머니의 아지트다. 난 술이 할머니의 구수한 얘기를 턱을 받쳐 들고 옛날 얘기에 빠져들곤 했다. 겁이 많은 난 무서운 이야기를 들을 땐 이불을 뒤집어쓰고 들었다. 그러나 요즈음에는 재미난 옛날얘기를 손자들에게 들려줄 기회도 없다. 명절이나 집안 행사 때면 기회를 벼르지만, 어두 하다 보면 각자 집으로 갈 시간이 되어 옛날이야기는 다음으로 미뤄질 수밖에.

지금 생각해 보면 당시 할머니들은 장죽을 주로 사용하였다. 아마도 그 덕에 니코틴의 피해를 덜 받아 여자들의 수명이 길어지지 않았나 싶다. 그때는 회충약이 일반화되지 않아 횟배를 앓는 사람들이 많았다. 층층시하에서 시집살이하던 새댁(할머니)은 담배가 해롭다는 사실도 모르고 아픈 배를 달래고자 숨어서 피던 뻐끔 담배에 중독이 되었던 모양이다. 그러나 요즘에는 애연가들의 설 자리가 좁아지고 있다. 건강에 해롭다고 금연운동이 빠르게 퍼지고 있다. 추억도 멋도 아닌 난제 중 난제다. 피는 사람보다 옆에 있는 사람이 더 해롭다고 한다. 할머니가 이 사실을 알았다면 아마도 손주들을 위해서라도 담배를 끊지 않았을까?

담배는 사회생활을 하는 데 소통의 통로가 될 수도 있다. 담배 한 개비 서로 주고받으며 정을 쌓고, 화를 삭이는 심심풀이 도구이기도 하다. 나이가 지긋한 남자 어른들은 담뱃대를 몸에서 떼지 않았다. 이웃에 놀러 갈 때도 허리춤에 비스듬히 꽂고 다닐 정도로 연륜과 권위의 상징이기도 했다. 지름 1cm 남짓한 대나무에 놋쇠나 백통으로 담배 담는 통을 만들고 반대쪽에는 물부리를 끼워서 담배 연기를 빨아들이고 내뱉는 통로로 이용했다. 가끔 담뱃대를 청소할 때는 한지를 말아 깊숙이 쑤시면 찐득찐득하며 새까만 고약 같은 게 역겨운 냄새를 풍기며 묻어 나왔다. 그 시대 숙명처럼 안고 살던 가난의 질곡을 건너야 했던 아낙네들의 속도 담뱃진같이 시커멓게 탔을 것이다.

담양 담뱃대는 아무리 봐도 옛날에 내가 기억하고 있는 담뱃대보다는 짧아 보인다. 그렇게 보니 품격이 떨어지고 경망해 보이기도 한다. 서랍장 위에 비스듬히 기대놓고 들며 나며 기억을 더듬는 재미도 쏠쏠하다, 싶다가도, 바라보자면 왠지 모르게 마음이 편치 않다. 때늦게 태어난 슬픔을 아는지 비 맞은 늙은 수탉 볏처럼 생기라곤 없다. 지금도 태국의 아카 고산족은 담배를 좋아해서, 남자, 여자 가릴 것 없이 어딜 가나 긴 담뱃대로 담배 피우는 걸 볼 수 있다고 한다. 그토록 담배를 즐긴다고 하니 그곳으로 시집이라도 보내야 할 모양이다.

　존재한다는 것 자체가 언젠가는 변하기 마련이다. 호기심에 피기 시작한 담배가 설 자리가 없어지지만 끊지 못해 눈치껏 피는 우리 애들도 걱정이다. 건강에 해롭다니 언젠가는 우리 주위에서 영원히 사라질지도 모른다. 그토록 많은 사람이 애용하던 담배가 사라져도, 내 기억 속의 장죽은 할머니를 향한 그리움으로 오래오래 남으리라.

2012. 11.

하피첩霞帔帖 -자녀에게-

6월 초승, 따끔한 햇살이 초행길을 팍팍하게 조여와 젖 먹던 힘까지 내야 했다. 국립민속박물관을 찾아드니 국제공항이 아닌가 싶도록 외국어가 시끌벅적 활력이 넘쳐났다. 경복궁을 거쳐 온 관광객들이 북적이는 걸 보니 머리가 밝아지고 발걸음이 가벼워지는 듯싶었다. 지난날의 우리 선인들의 생활관은 마치 타임머신을 타고 돌아와 지난날을 기억을 더듬으며 둘러보는 고향 집 동네 같다.

역사의 소양이 부족하다 보니 메일에 올라온 하피첩이 생소하여 검색창을 두드렸다. 노을빛 치마로 만든 소책자이기에 《하피첩》이라 일렀으리라고 해설하고 있었다. 다산다운 제호이다. 부인 홍혜완이 다산의 귀양 10년째 되는 해, 시집올 때 입었던 6폭 치마를 보냈다. 남편에게 하피를 보내는 그 마음속을 누가 짐작이나 할 수 있으리. 귀양지에서 종이가 귀한 다산은 노을빛으로 변색한 비단이 서첩으로 만들기에 꼭 알맞다고 하피첩 서문에 적고 있다. 치마 네 폭으로 4권의 소책자를 만들어 두 아들 학연, 학유에게 경계하는 말을 적은 책자이다. 그중 한 권은 행방이 묘연하고 세 권만 전해 온다.

아담한 전시실로 들어서자 아무도 없었다. 저만치에서는 《하피첩》이 클로즈업되어 홀연히 등장하는 듯싶어 눈을 부릅떴다. 소설 목민심서에 그려진 귀양지인 강진의 풍경이 파노라마처럼 흐르는 건 다산을 그리워하는 마음인가. 다산의 관련 유물 30여 점이 200여 년의 시공을 뛰어넘은 노고인 양 빛바랜 누런 얼룩이 말을 건네 온다. 18년이라는 긴 세월을 유배지에서 공허와 회의 속에서도 절망하지 않고 많은 저서를 냈다. 이 서첩도 그 시공간에서 태어난 글 중 하나로 하피첩의 사연에 눈시울이 촉촉해 왔다. 그 무수한 시간을 정조와 더불어 나라와 백성을 위한 창조적인 일을 했더라면, 우리나라의 역사가 바뀌었을지도 모른다는 생각이 언뜻 스쳤다. 역사가 그리 길지 않은 수원화성이 세계문화유산으로 지정될 만큼 정약용의 뛰어난 과학적인 축성 솜씨를 보며 다산의 천재성에 탄

복할 뿐이다. 우리의 선현 중에는 훌륭하신 분이 많지만, 다산 만큼 다재다능한 분도 없는 듯싶다. 얼마 전까지도 생활에 절대적으로 필요했던 수동 솜틀도 다산이 만들었다고 한다. 정약용의 집 행랑채에 살던 목공 일을 하는 양민을 통해 전파했다니 현대판 맥가이버는 비교할 수가 없다.

아들과 후손들은 하피첩에 담긴 삶의 가치관을 실천하며 살았다고 한다. 또한, 아버지의 뜻을 이어받아 실용적인 학문을 연구하며 그 뜻에 도달하고자 노력했다. 한쪽 치마폭으로 매화와 새를 그린 족자를 만들어 시집간 딸에게도 보냈다. 다산은 족자에 "부지런(勤)함과 검소(儉)함 두 글자는 좋은 밭이나 기름진 땅보다 나은 것이니 한평생 써도 닳지 않을 것이다."라고 일렀다고 한다. 농경사회에 이보다 좋은 경구가 있을까!

하피첩 서문 말미에는 '가경 경오년(1810) 초가을 다산의 동암에서 쓰다.'로부터 200여 년이 흐른 2006. 4. 2일 KBS 진품명품 시간에 하피첩이 세상에 존재를 드러냈다. 다산의 7대 종손이 6.25 피난길에서도 하피첩을 품고 다니다 수원역 근처에서 잃어버렸다.고 한다. 세월은 흘러 2005년 수원 변두리 모텔 주인이 파지를 마당에 내놓다가 폐품 수집 할머니의 수레에 얹혀 있던 고서와 바꿨다고 한다. 만약 하피첩이 종이로 되어 있었어도 그 주인은 바뀌었을까? 김영복 감정위원은 책을 본 순간 "덜덜 떨렸다."라그 말한다. 아마도 전쟁의 신 치우천황(배달국 14대 왕)과 맞닥뜨린 것보다 더 놀라지 않았을까? 문서에만 전해 오던 진품명품이 나타났으니.

하피첩의 내용은 두 아들에게 교훈이 될 당부의 말을 적고 있다.

1첩에는 부모와 자식, 형제간 화목하기를 당부했고.

2첩에는 자아확립을 통해 몸과 마음을 닦으며 근검하게 살 것을 일렀다.

3첩에는 학문과 처세술의 내용으로, 너희가 온 마음을 기울여 내 글을 연구하여 그 깊은 뜻에 통달할 것을 바랐으며 또한 베푸는 삶과 처세술에 대하여 적고 있다. (이는 인터넷에서 본 것을 옮겨 봤다.)

어머니 비단 치마에 아버지의 지극한 사랑을 담아 쓴 당부의 말씀이, 이 세상에 이보다 더 귀한 보배가 있을까. 하피첩이 세상에 알려지던 명품 진품에서는 감정가가 1억 원이었다. 10년이 지나 이 보물은 2015년 서울 옥션 경매에서 7억 5천만 원에 국립민속박물관의 소유가 되었다.

정약용은 천주교인이라는 죄명으로 당쟁의 희생제물이 되어 전남 강진으로 귀양을 갔다. 임금 정조는 사랑하고 아끼는 인재를 전제군주의 권력으로도 어쩌지 못하고 귀양 보낼 수밖에 없는 심정은 어떠했을까? 이렇게 당쟁은 많은 인재를 당리당략으로 기량을 펴 보지도 못하고 유배지의 은둔자로 머무를 수밖에 없었다는 게 안타까울 뿐이다. 지금도 국회는 국민을 위한 활동은 뒷전이고 여전히 여야는 정쟁만 일삼고 있으니 무슨 뾰족한 방법은 없는 걸까? 다산은 장장 18년이라는 긴 세월의 유배 생활을 어찌 견뎠을까? 귀양살이 온 정약용은 큰 스승을 그리워하는 그곳의 젊은이들의 스승이 되었고 많은 저서와 하피첩이라는 귀한 보물을 후대에 남겼다. 잃는 것이 있으면 얻는 것도 있다는 평범한 말을 되새겨 본다.

노을빛 예복 치마에 올올이 아로새겨진 그리움이 담긴 가족의 사랑 이야기가 200년의 세월을 뛰어넘어 우리들의 마음을 애잔하게 한다.

하피: 6폭 붉은 비단 치마로 결혼 예복을 일컬으며, 조선시대에는 비, 빈이 입었다.

4부

무궁화 꽃이 피었습니다

오늘은 7송이나 활짝 웃고 있었다. 무더운 여름 하루의 시작을 해맑은 소년 같은 무궁화와 미소로 시작한다. 매일 새 꽃을 마주할 수 있다는 것은 신의 축복이 아닐까! 봉오리 개수로 봐 일주일 동안은 한두 송이씩 피며 한 해 꽃 마무리를 할 듯싶다. 시월에 웬 무궁화 꽃 타령이냐고 할 테지만, 지난봄 좀 늦게 깨어나 애태우더니, 아침마다 새 기운을 돋워 주는 귀여운 친구다.

계절의 여왕 오월의 장미가 잔치를 벌여도 나의 무궁화는 꿈쩍도 하지 않았다. 어느 것 하나 봄볕 따라 활발히 움직이지 않는 잎눈은 없었다. 유독 무궁화는 죽은 듯이 깜깜무소식으로 나를 애태웠다. 가끔 잔가지를 꺾어보면 아직은 명줄을 놓지 않았다는 실낱같은 희망을 감지한다. 그래서 화분이 마르지 않도록 가끔 물을 주면서 살폈다. 5월도 하순으로 치닫는 어느 날 잎눈이 밑에서부터 연둣빛이 점차 짙어지며 위로 올라가더니 우듬지 십여 센티를 남기고 멈췄다. 애지중지하던 소장품 귀퉁이가 내 잘못으로 깨진 듯 속이 편치 않았다.

고향에서는 대문만 열면 2m가 넘는 잎이 무성한 무궁화가 집을 지키고 있었다. 그러나 두심히 들고 났을 뿐 눈여겨본 적이 없었다. 오히려 7월부터는 많은 꽃이 매일 떨어지니 밤새 비라도 오면 밑바닥이 지저분했다. 그래도 애국가를 부를 때는 바깥마당의 무궁화를 생각했다. 꽃이 산뜻하거나 찬란하지는 않아도 무해무득한 이웃집 아줌마같이, 매일 새로 피는 꽃이 믿음직스러웠다.

왜 국화가 되었을까? 가끔은 궁금했다. 그런데 전주 정원 박람회에서 마주친 무궁화 꽃의 해맑은 모습이 5, 6세짜리 귀여운 남자아이 같았다. 회초리만 한 여린 무궁화 나무는 밑에서부터 두어 송이의 꽃을 달고 몇 개의 봉오리도 보였다. 길가다가도 화초를 보면 그냥 지나치질 못하지만, 한 치의 망설임도 없이 보자마자 들고 온 적은 없었던 듯싶다. 몇 개의 다육식물과 무궁화를 들고 오는 길은 횡재라도 한 듯 신바람이 났다.

　무궁화는 언제부터 국화가 되었을까? 1935년 10월 21일 《동아일보》 기사에 의하면 "아마 지금으로부터 25년 전 조선에도 개화 바람이 불어오게 되고 서양인의 출입이 빈번해지자, 당시의 선각자 윤치호 등의 발의로 양악 대를 비롯하여 애국가를 창작할 때 애국가의 뒤풀이에 '무궁화 삼천리 화려강산'이라는 구절이 들어가면서 무궁화는 조선의 국화가 되었다."고 한다.

　무궁화는 200여 종의 재배품종이 있다. 배달, 화랑, 아사달, 새 아침 등이 있다. 번식은 꺾꽂이와 접붙이기 등이 있고, 심는 시기는 봄철이 좋다고 한다. 무궁화에 진딧물이 잘 덤비는 건, 사람이 잎을 먹어도 좋다는 신호란다. 지난 해 여름 보름을 병원에서 있다 돌아오니 채소, 화초들은 생존의 갈림길에 있었다. 관심은 동물보다 많이 움직이지 못하는 식물에 더 필요한 낱말인 듯싶다.

　어린순은 나물로 먹고, 흰 꽃은 그늘에 말려 찹쌀과 함께 달여 지사제로 쓰인다. 무궁화는 밑에서부터 차례로 꽃이 핀다. 그런데 9월 후 순 봉오리 몇 개는 다른 봉오리보다 큰데 꽃이

　　　　　　　　　　　　　　　　　　　죽어서 삼일

필 생각이 없어 보였다. 처음에는 씨앗인 줄 알았다. 열매를 검색해보니 초전자라고 한다. 한방에서는 이뇨, 해열, 지혈, 지사, 위장, 열등에 다른 약재와 함께 처방해 약으로 쓰고, 차로도 먹는다고 한다.

국화라면 당연히 국민의 사랑을 받아야 하거늘 시선을 끌지 못하고 있다. 여름 섣달을 하르도 거르지 않고 질서를 지키며 밑에서부터 곁가지에서 새벽이면 꽃이 핀다. 누구의 신경도 개의치 않고 자기 일에만 골몰하는 끈기 있는 사람을 닮은 듯 싶다. 그런 습성은 많은 침략에도 굴하지 않고 단일 민족으로 버틴 끈질긴 민족성을 닮았지 싶다. 이왕이면 다홍치마라고 국화를 옆에 두고 자주 보고 싶도록 끌어당기는 꽃이면 얼마나 좋을까?

여름철 3개월을 매일 아침 창문을 열고 무궁화와 아침 인사를 하니 어찌 사랑스럽지 않으리. 꽃이 귀한 여름철에 담백한 모양새에 산듯한 진분홍색의 개량종 구궁화는 뽀얀 어린 소년처럼 환하다. 이왕이면 멋진 소년 같은 개량 무궁화로 교체하면 대한민국이 환해지지 않을까.

무궁화 개량종 꽃이 예쁘면 누구나 옆에 두고 싶어 하지 않을까? AI를 이용해 기본값을 잃지 않는 아름다우면서도 정갈하고 품위 있는 무궁화, 사랑받는 국화 무궁화가 전국에 넘쳐나기를 엎드려 기도하련다.

겨울의 단상

예년에 없이 추운 날씨가 이어지고 있다. 미끄러질까 조심조심 발을 떼지만 잠시도 긴장을 늦출 수가 없다. 오랜만에 중무장하고 천변으로 산책을 나섰다. 매섭게 후려치는 칼바람에 온몸이 번데기 모양 오그라든다. 하루 이틀이면 녹아 버리던 눈이 동장군과 배짱이 맞아 기세가 등등하다. 그나마 햇빛이 다니는 길목은 좀 낫지만 웬만한 곳은 여전히 미끄럽다.

서신동 'e편한세상' 아파트를 휘감아 도는 물길이 잠시 머무르는 곳엔 갈대가 군락을 이루고 있다. 갈대의 휘청거리는 몸짓이 꼭 개구쟁이들의 장난기 어린 축제 마당인 양, 한쪽에선 하얀 머리를 나풀거리는 억새의 가벼운 춤사위가 추임새인 양 한결 흥을 돋우고 있었다. 급히 장갑을 벗고 카메라를 들이대니 바람 따라 온몸을 신나게 흔들어댈 뿐, 그들은 아예 모르는 척 눈길 한번 안 준다. 길이 좀 미끄럽고 춥다고 코빼기도 안 보여 삐진 모양이다. 그래도 삼라만상이 어우러졌던 하얀 축제 날에는 오려니 했는데 마음마저 늙었냐고 비웃는 듯싶었다. 카메라를 슬그머니 호주머니에다 밀어 넣었다. 이곳의 주인은 분명 갈대가 맞다. 객이 주인 노릇을 하러 설치다니 말이 안 되지. 부끄러운 마음에 얼른 사과했지만, 개의치 않은 듯 바람 따라 온몸을 흔들어 웃어 젖힌다.

이들을 보고 있자면 내 이름이 생각난다. 더러는 이름만 보고 남녀를 구분하기 어렵듯 갈대와 억새가 그렇다. 내 이름만 보고 남자인 줄 알았다는 소릴 여러 번 들은 걸 보면 명칭은 겉모습과 어우러지는 게 맞지 싶다. 아무리 봐도 이들의 명칭이 뒤바뀐 것 같다. 미풍에도 가볍게 몸짓하는 그들을 어찌 억새라 하고, 떠꺼머리총각 같은 그들은 갈대란 이름을 얻었을까? 초목에 대한 상식이 부족한 나로서는 반론을 못 하지만 아마도 그걸 잘못 알고 있는 사람이 많이 있을 성싶다. 내가 억새와 갈대를 완전히 구분한 게 오래지 않다.

눈이 비켜난 길에 숫자가 보인다. 전에는 그냥 무심히 지나친 산책길이다. 150걸음쯤에서 100m라는 숫자가 보였다.

 죽어서 삼일

우리가 가는 인생길에도 이런 나침판 같은 표식이 있다면 삶이 그토록 고단하지는 않을 텐데. 나름대로 남에게 피해 안 주고 반듯하게 가려는 길에 웬 걸림돌은 그리 많은지. 자신이 잘할 수 있고 좋아하는 일이 무엇인지 생각도 않고, 부동산서비스업에 뛰어든 결과는 참혹했다. 세상에 못 믿을 건 사람이라더니, 사람만큼 무서운 동물은 없다는 걸 뼛속까지 체험한 사건이다. 모두가 나의 어리석음에서 티롯된 내 탓이니 혼자 끌어안고 가슴앓이를 할밖에. 뼈저린 후회는 두고두고 후유증으로 가족까지 힘들게 했다. 그러나 갈대는 자연과 더불어 어울려 사는 방법을 알고 있다. 습지 가까이에서 번성하는 삶의 지혜를 눈여겨볼 일이다.

온통 갈색으로 서걱거리는 소리는 겨울의 가락이다. 냇물도 잠재우는 겨울 소리에서 마음속 깊은 상처도 위로를 받는다. 그토록 껄끄러운 소리도 우수 경칩이 지나 땅이 기지개를 켜고 바람이 부드러워지고, 새뜻한 봄옷으로 갈아입으면 한결 나굿나굿해질 테지! 죽을 만큼 힘들었던 깨도 지나고 나면 아름다운 추억으로 남듯이, 그렇게 겨울은 가고 봄은 어김없이 찾아오기에 우린 희망을 품고 살아가는 게 아닐까! 햇살에 반짝반짝 빛나는 얼음판에 엉덩방아라도 한번 찧어 볼까.

2013. 1.

내비게이션

자동차들이 거침없이 질주한다. 길 박사와 동행을 하니 어디를 가든 안내판만 따라가면 목적지에 닿는다. 그녀는 친절하게도 경쾌한 목소리로 감시구간까지 알려 준다. 운전자들은 풍경을 바라보고 동행자와 이야기꽃을 피우며 느긋한 자세로 운전을 한다. 아마도 머지않아 핸들을 잡는 수고도 필요 없고, 말로 운전하는 날이 오면, 달리는 자동차 안에서 뜨개질을 하면 어떨까.

내비게이션이 없던 시절, 초행길을 가려면 지도를 펴 놓고 가다가 그래도 모르면 차를 세워 놓고 확인하면서 가던 때가 엊그제 같다. 그러나 요즘의 젊은이들은 그걸 이해할 수 없을 듯싶다. 보릿고개 시절을 얘기하면 라면이라도 끓여 먹으면 되지 않느냐고 되묻는다. 길을 잘 알면 운전은 반은 했다는 말이 있다. 길눈이 유난히 어두운 우리 가족에게 내비게이션은 구세주인 셈이다. 낯선 길을 떠날 때 든든한 길라잡이 역할을 해주니 얼마나 고마운가. 지름길도 안내하고 장애물이 있는지도 가르쳐 주니 도로 위의 멘토인 셈이다.

미국에서 잠시 거주하던 때 길눈이 어두워 당황했던 일이 생각난다. 마트에 다녀오는데 날은 어두워 오고 아무리 봐도 길이 낯설었다. 마침 주유소가 보이기에 길을 물었으나 소통이 여의치 않아 길을 찾을 수가 없었다. 뒤에 알고 보니 R과 L의 발음에서 오는 혼동이었다. 경상도 사람들이 _자 발음이 안 되어 ㅓ로 하듯이. 날은 이미 어둠에 묻히고 운전자는 자신이 없어 결국은 오던 길을 되짚어 원점으로 돌아가서 한인 슈퍼에 들어가 묻고서야 집으로 올 수 있었다. 지금 같이 내비게이션이 있었으면 그러한 추억거리는 없었으리라.

여행을 다니다 보면 내비게이션의 똑똑함에 혀를 내두르곤 한다. 인간의 가는 길에도 내비게이션 같은 멘토가 있다면 얼마나 좋을까. 물론 세상에는 곳곳에 훌륭한 길잡이가 있다. 그러나 사람들은 눈으로 본 것만 믿고, 듣고 싶은 것만 들으니 어려운 게 인생살이라고 한다. 조금만 주의하고 신중했더라면

    죽어서 삼일

피할 수도 있었던 지난 일들이 덜미를 잡아 머리를 어지럽힌다. 내비게이션 같은 멘토가 내 옆에 있었다면 후회할 일을 하지도 않았을 텐데. 하지만 형상이 있는 건 어느 것 하나 완전무결한 건 없지 않은가.

게이션의 뜻은 원래 뱃사람들의 항해술을 뜻하는 말이다. 항해술에서 가장 중요한 것은 항해사의 지도 해석의 기술이 있어야 한다. 그런데 작금의 내비게이션은 옛날 것과 전혀 다르다. 자동차 앞에 붙어있는 이 작은 상자는 기술이 필요 없는 대단히 정교한 정보력을 많이 가지고 있어 그냥 따라만 가면 된다. 아무리 복잡한 거리에 있는 제과점이나, 꼬불꼬불한 골목길, 낯선 도로의 교통 파수병의 위치, 막힌 도로 피해 가는 방법까지 안내한다. 현존하는 지구의 유일한 천리안의 소유자다. 아무리 길치라 하더라도 운전을 터부시하는 사람은 없다. 갈 길을 머릿속에 입력할 필요도 기억을 더듬을 필요도 없다. 그저 천리안을 가진 내비게이션이 알려주는 대로 방향만 잡으면 만사 오케이다. 운전자는 내가 아니라, 천리안 상자다.

때로는 휴대전화가 없으면 집 전화번호도 가물가물해 치매가 왔나 싶을 때도 있다. 노래방이 생기면서 알던 노랫말도 끝까지 아는 것이 없다. 편리한 기기들은 갈수록 똑똑해지는데 오히려 사람들은 아둔해진다. 문명의 이기가 앞으로 얼마나 인간을 편하게 해줄까. 하지만 걱정이 앞서는 것을 모르는 척할 수만도 없다. 이렇게 편한 것만 좋아하다 보면 몸의 기능이 저하되어 기계 인간에게 치이는 일이 일어날지도 모른다는 의구심은 나만의 기우일까!

사북

눈이 펑펑 쏟아지던 끝 달 어느 날, 오랜만에 지인과 눈을 밟으며 야산에 올랐다. 시원스럽게 쭉쭉 뻗은 노송나무숲도, 빙 둘러선 산허리도 허공에 가득한 눈의 춤사위의 배경으로 더할 나위 없이 조화롭게 펼쳐져 있었다. 눈은 겨울의 사북이다. 눈이 없는 겨울이라면 얼마나 삭막할까? 내려오다 보니 굽은 길 모퉁이에 눈사람이 하나 서 있었다. 올라갈 때는 무심히 지나쳤지 싶어 친구를 하나 만들어 주기로 했다. 어찌나 눈이 찰떡처럼 잘 뭉쳐지는지 금방 눈사람을 만들어 옆에다 나란히 세웠다. 하나가 둘이 되니 온 숲이 푸근해지는 듯싶었다. 오늘같이 잘 뭉쳐지는 눈은 뭐라고 부를까? 궁금해 찾아보니 '떡 눈'이란다. 우리 조상들은 어쩌면 이토록 적절한 이름을 붙였을까!

글을 읽다 보면 생소한 단어를 만날 수가 있다. 수필은 쉽게 써야 한다는데 잊혀 가는 단어를 꼭 써야만 할까? 싶다가도 우리말 사전을 찾아보면 순수한 우리말인데 지금은 안 쓰이고 있을 뿐이다. 사북이란 단어도 우리말 사전을 뒤적이다 우연히 눈에 띈 단어다. 가장 요긴한 것, 물건의 가장 중요한 부분, '쥘부채의 아랫머리나 가위다리의 교차한 곳에 못과 같이 박아서 돌쩌귀처럼 쓰이는 물건'의 이름이다.

우리의 일상생활에서 쓰고 있는 물건의 중요한 부품인데 아무리 주위를 둘러봐도 알고 있는 사람이 없다. 물론 쥘부채를 만드는 사람들이나 가위를 만드는 이들은 알고 있겠지만, 아무리 요긴한 일을 하더라도 눈에 띄지 않을 만큼 작고 볼품이 없어서일까? 나도 지금은 별로 쓰이지 않는 맷돌의 맷수쇠, 어처구니는 알고 있는걸 보면 아무래도 그런 모양이다.

사북은 이름은 고사하고 아무도 눈여겨보는 사람이 없어도 제 의무를 다하기 위하여 묵묵히 낮은 자세로 제 할 일을 한다. 이런 사북의 모습을 닮은 사람들이 천직으로 알고 자기 몫을 충실히 하기에 이 세상은 돌아가고 불편한 줄 모르고 살고 있다. 혹한의 새벽에 빗자루를 들고 거리를 쓰는 미화원, 음식점의 설거지 담당, 냄새나는 쓰레기를 묵묵히 치워 주는 쓰레기차, 꼭두새벽의 신문 배달원, 급한 사람들을 돕는 퀵 서비스, 만일 이렇게 낮은 자리에서 수고하는 이들이 파업이라도 한다면 사회라는 톱니바퀴가 제대로 돌아갈까?

어느 일요일 아침 늦은 조반을 먹다, TV에서 '식사하셨어요?' 프로를 보게 되었다. 그런데 사북이 '나 여기 있어요!' 하고 방긋 웃고 있지 않은가. 누군가에게 따뜻한 밥 한 끼 대접하고 싶은 사연이, 의미 있는 음식과 즈화를 이루어 힘들고 소외된 사람들의 마음을 어루만져주고 있었다. 무엇이든 그 손을 거쳤다 하면 특별한 음식을 뚝딱 만드는 자연 요리사다, 누구나 다 알만한 여자 코미디언, 연예인이 출연하여 재미와 감동을 주는 프로그램이다. 그날그날의 삶을 영위하는 이들에게 사북 역할을 하는 걸 보며, 조금만 시각을 넓힌다면 사북의 고리가 고리로 이어지면 우리 사회가 밝아질 거라는 희망의 빛이 보였다.

아흔네 살까지 장수하셨던 어머니는, 우리 7남매의 구심점인 사북이었다. 어머니 가신지 몇 년이 흐르니 형제들 얼굴 보기가 하늘의 별똥별 보기만큼이나 힘들다. 세상이 지구촌으로 좁아지고 사회가 급물살처럼 각박해지니 피붙이 형제들이 이웃사촌보다 먼 이웃이 되어 버린 것이다. 어머니란 존재는 그 자리에 머물러만 있어도 자식들의 마음이 모이고, 만남의 구심점이 되는 그 자리에 꼭 필요한 존재인 걸 어머니가 떠나신 뒤에야 깨닫다니…. 사북이 없으면 쥘부채로서 구실을 못 하듯이 가정에도 꼭 그 자리에 있어야 하는 사북 같은 구심점이 바로 어머니다.

지금도 여전히 중동에서는 총소리가 끊이지 않고 난민이 이웃 나라로 줄을 이어 탈출을 하고 있다. 전란 속에서는 속절없이 고아가 생겨나기 마련이다. 사북이 빠지면 가위가 무용지물이 되듯이 꼭 옆에 있어야 하는 부모의 사랑을 잃었으니 어찌 제대로 성장할 수 있으리오. 지구촌 모두가 관심을 가지고 의지가지없는 그들을 보살펴야 지구촌의 장래도 밝아지지 않을까.

유치원과 초등학교에서의 사북은 무엇일까? 한창 자라나는 아이들에게 무엇이 가장 필요할까? 아이들은 감성이 순수해 상대방의 생각을 그대로 느끼고 받아들인다. 부모가 다 못한 사랑을 선생님에게서 받는다고 느끼는 아동은 반듯한 청소년으로 자라지 않을까? 하물며 움직이지 못하는 식물도 주인의 발자국 사랑이 없으면 제대로 자라지 않는다는데, 나는 아이들에게 바쁘다는 핑계로 사북의 역할을 제대로 베풀기나 했는지 미안한 생각이 들곤 한다. 고로 사랑은 모든 만물의 사북이 아닐까!

블록을 쌓고 그중에서 하나를 조심스럽게 빼내노라면 언제 무너질지 몰라 아슬아슬하다. 사회생활도 마찬가지다. 세상에는 셀 수도 없을 만큼 다양한 직업이 있다. 어느 직업이나 직업은 각각의 생계와 자아성취를 넘어 잘 정비된 사북과 사북으로 연결되어 물처럼 흘러 각자에게 소중한 가치로 전달된다. 그중에는 눈에는 안 띄지만, 그만의 손끝을 거쳐야 하는 일이 어디 한두 가지일까? 이렇듯 다양한 직업은 서로에게 사북의 역할을 할 때 사람다운 삶이 형성되리라.

직업은 이 사회에서 요구되는 일을 각각 수행하기 위해 만들어진다. 이들의 역할은 누군가의 인정과 평가를 위해서 하는 게 아니라 전체를 움직이는 공익성 안에서의 존재감으로 사람들은 그렇게 살아간다. 그러한 관계 속에서 서로에게 사북이 되어 주는 네트워크로 더욱더 잘 연결되기를 기대해 본다.

리조트의 넓은 유리창 밖은 무한대의 산수화가 펼쳐 져 있었

다. 부드러운 능선이 포개 이어진 산등성이, 하얀 여백이 고요
하다. 눈 덮인 넓은 주차장에 둥근 붓이 스쳐 간 곡선의 추상
화는 가없는 상상을 잉태하고 있었다. 어느 화가가 저 넓은 화
판에다 감히 붓을 놀릴 생각을 할 수 있단 말인가! 자연의 순
환을 광활하게 펼치는 바람의 손끝에서 현란하게 공중 곡예를
하는 눈의 축제가 쉽게 끝날 것 같지 않다. 마치 동화 속 설국
에 오지 않았나 싶다.

올해는 눈이 겨울의 사북 노릇을 톡톡히 하고 있어 우리를
행복하게 한다.

서울의 변신

흐르는 야경은 거대한 프리즘 같다. 34층 베란다에서 바라보는 야경은 기하학적이며 역동적이다. 가락시장 뒤쪽에 강남과 강북을 가르는 탄천을 끼고 동서남북으로 별똥별이 쏟아지듯이 흐르는 빛의 행렬은 대형 설치미술 현장이다. 북쪽 창밖에는 아름다운 롯데타워의 웅장한 빛의 쇼가 찬란하다. 십 년이면 강산도 변한다더니, 십여 년이나 조용한 전주에서 살다 오랜만에 접한 5층 아파트의 변신에 넋을 잃을 지경이다. 서울의 번화가는 세계 어느 도시에도 뒤지지 않는 호화찬란한 빛의 대도시란다.

서울의 변하는 모습은 볼 때마다 낯설게 한다. 발길이 닿는 곳마다 옛날의 그곳은 어디쯤일까, 짐작을 해보지만, 불가능에 가깝다. 청소년기를 보낸 동네를 방문한 적이 있다. 전차에서 내려 오른쪽으로 목욕탕을 끼고 다니던 골목길은 어디쯤일까? 친구네 집에 놀러 갔다가 연탄가스 중독으로 죽을 고비를 넘겼던 곳은 어딘지 상상이 안 된다. 그럴 때마다 우울해진다. 기억은 머물러있고 현실은 뒤바뀌었으니, 먼 옛날을 향한 그리움만이 가슴속 깊이 남아있다.

십 대 초반부터 일생을 살아온 서울이기에, 어느 가을날 변모된 청계천이 보고 싶어 혼자서 지하철을 타고 동대문 운동장에 내리니 동서남북이 모호했다. 오물이 흐르던 청계천을 덮고, 고가도로가 어지럽던 도로를 걷어내고 맑은 물이 흐른다는 청계천을 벼르고 별러 찾아왔다. 바쁘다는 핑계로 현장을 확인하지 못한 내가 죄인인 듯 부끄러웠다. 한참을 서서 동대문을 이정표로 삼고 더듬어서 찾아 물이 졸졸 흐르는 것을 보니 만감이 교차한다. 육이오 전쟁 후에 찾은 청계천은 극빈자들의 삶의 비참한 현장이었다. 다리 밑에는 고아들의 거처인 움막이 널려 있었다. 그곳이 맑은 물이 흐르는 개천으로 탈바꿈을 했다니 믿어지지 않았다. 그렇게 서울의 중심을 흐르는 청계천은 옛날 조선의 다리며 흔적을 재현하고, 광교에는 기념물의 현란한 빛의 아름다움에 황홀했다.

 죽어서 삼일

내가 살고 싶었던 대치동은 조용하고 운치 있는 아담한 주택가였다. 몇 년 전 어느 겨울 방학 때 한 달을 손녀와 함께 대치동 원룸에서 지냈다. 대치동 학원은 전국적으로 유명한 줄은 알고 있었지만, 이토록 나를 놀라게 할 줄은 상상도 못 했다. 대로변은 말할 것도 없고 웬만한 골목까지도 학원으로 채웠고 학생들을 위한 먹거리 가게가 자리하고 있었다. 옛날 다방 대신 쾌적한 공간의 카페는 휴게실을 겸하고 있어 학생들은 틈새 시간으로 활용하고 있었다. 차 한 잔에 빵 한 쪽 시켜 놓고, 태연히 컴퓨터를 켜거나 책과 노트를 펴놓고 공부하는 풍경이 신선했다. 옛날의 고즈넉하던 주택가는 흔적도 없고 모난 시멘트 덩어리의 살벌한 원룸촌으로 탈바꿈을 했다. 나의 마음의 고향은 유토피아로 머물 수밖에 없다는 현실에 눈이 젖어 들었다.

광고를 보고 전시장을 찾아가려면 미리 지도를 검색해서 확인해야 한다. 또는 다니던 길을 생각하고 무심히 갔다가는 낭패를 당할 수도 있다. 서울은 너무 복잡하다. 요즘 새 아파트 대단지 안에는 상가가 없다. 미국처럼 한곳에 모여 있어 노인들이 살 만한 곳이 아니다. 차가 없으면 걸어서 필수품을 구매하기에는 동선이 너무 멀어 몸이 불편한 노인들이 살기에는 불편하다. 집만 좋으면 뭐하나. 집값은 위치에 따라 소도시보다 열 배의 시세이니 우리 같은 소시민은 소도시가 제격인 듯싶다.

내 의지로 전주 생활이 시작된 것은 아니지만 그런대로 살만하다. 노년에는 시골에서 텃밭이나 가꾸는 일상을 꿈꾸던 나였으니까. 시내가 아닌 변두리였으면 더 좋았으리라. 그러나 나이 드니 어린아이나 늙은이나 보호자가 필요한 것은 똑같으니 내 맘대로도 안 되더라. 본향으로 돌아갈 때가 머지않았으니 형제들 만나러 보호자 없이 서울을 몇 번이나 더 갈 수 있을까? 그러나 이곳에서는 아직도 난 이방인 같은 존재인가.

전주도 신도시 쪽으로 가니까, 서울 강남의 어느 곳인 듯 휘황찬란한 전기 불꽃을 보고 고개를 끄덕였다. 그래 이런 모양새가 도시의 공통점인 모양이구나. 일탈을 꿈꾸는 세대들에게는 꼭 있어야 할 필요 불가분의 관계인가 보다. 휘황찬란한 불꽃이 번쩍이는 도시는 젊은이의 몫이고, 지금의 노년에게는 무엇이 가장 필요한가?

   죽어서 삼일

특별한 문학기행

　고향은 생각만 해도 가슴이 촉촉이 젖어 오고 그리움이 밀려온다. 기쁜 일이 있어도, 삶의 바닥을 헤맬 때도 무의식중에 마음의 발길은 고향으로 달려가곤 한다. 선생님의 고향은 어떤 곳일까? 나의 어렸을 적 고향 풍경은 햇빛에 찰랑대는 시냇물, 냇가 모래밭에서 친구들과 점심도 잊고 놀던 때가 선하다.

　문학기행은 대체로 작고하신 문인의 발자취를 더듬어 돌아보는 행사이거니 했다. 그런데 가을 문학기행을 지도 선생님의 고향으로 가는 게 어떻겠냐는 문우의 제안에 어리둥절했다. 곰곰이 생각해 보니 선생님께서 얼마 전에 출판한 《사람과 수필 이야기》 속의 그려진 그곳을 돌아보는 것도, 의미 있는 일이 아닐까! 선생님의 고향은 태백산맥 소설 속에 빨치산이 등장하는 회문산 인근이라니 궁금증이 들었다.

마을 입구로 접어들자 우람한 두 그루의 느티나무가 마을의 수호신인 양 버티고 있었다. 우람한 느티나무는 이 근방에서 벌어졌던 전투, 회문산이 빨치산의 근거지였기에 할 말이 많은 증인이다. 내 고향 경기도 광주 둔전 말에도 두 그루의 느티나무가 있었다. 마을 입구에 쉼터 구실을 했던 느티나무는 도로 확장으로 흔적조차 없다. 그러나 마을의 중심이고 지붕이었던 거대한 아름드리 느티나무는 몸속을 시멘트로 채우고 옆 가지에 의지해 겨우 연명으로 버티고 있다. 뿌리가 계단을 형성했던 거목은 껍질만 남아 시멘트 지팡이에 의지한 호호백발 고목이다. 그래도 여전히 주민의 사랑을 받고 있다. 내가 중학생이었던 여름방학 동안 영화 촬영지로 주 무대가 됐던 느티나무다. 고향에 갈 때마다 안아 주고 고향의 소식을 듣는다.

이곳이 태백산맥을 읽으며 주민들이 어떻게 살았을까? 상상이 안 되던 현장을 보니 깊고 깊은 산골 중 산골이다. 사람은 저가 당했던 일만 커 보이기 마련이다. 이 고장 사람들이 밤이면 공비들이 내려와 양식을 뒤져 가니 얼마나 두려움에 떨었을까? 굶주렸던 나의 열 살 때 피난길은 별거 아니었다는 생각이 든다. 잠시 배고픈 게 뭐라고, 지금도 그때의 피난길을 생각하

     죽어서 삼일

면 전쟁은 절대로 일어나선 안 된다고 외치고 싶다.

내 고향 마을에 비하면 배는 큰 마을에 도착하니 주민들의 환대가 따사롭다. 등잔 밑이 어둡기 마련인데, 동네 어른들의 환대를 보며 선생님의 고향 사랑이 돋보여 보기가 참 좋았다. 난 고향을 애틋한 마음으로 사랑해 본 적이나 있었는지 뒤돌아봐도 감감하다. 유소년 시절을 조부모 밑에서 행복하게 보냈던 추억만이 머릿속을 맴돌 뿐이다.

고샅길을 돌아가니 선생님이 태어나고 자란 고택이 무심히 손님을 맞이하고 있었다. 인연 자의 관심이 떠난 집이 무슨 기운이 있어 힘을 낼 수 있으랴! 요즈음 흔히 눈에 띄는 풍경인데 선생님의 생가이기에 이런저런 생각 속에 잠겼다. 우리 할아버지의 유물만 보더라도 할머니 돌아가시고, 서울과 고향을 오르내리다 돌아가시고 집을 돌보는 이가 없었다. 할아버지 손때 묻은 한문 서적, 손수 쓰신 문집들, 일생을 함께한 문방사우는 몽매한 이웃의 손이 옛 바꿔 먹었단다. 소중한 발자취를 남긴 분의 유물을 일찍 거두지 못한 자손들의 어리석음을 통탄할 뿐이다. 한적한 농촌에 있는 집이니 보존하면 여러모로 보탬이 되지 않을까? 하는 생각이 들었다.

내 고향 집은 서울이 가깝다 보니 유지하기에 어려움이 있어 빌라로 둔갑해 옛 자취는 찾아볼 길 없다. 그 옛날의 오밀조밀 정답던 마을은 뒤로하고라도 인심조차 살벌해 이웃 간의 유대조차 사라져 서울을 찜 쪄 먹고도 남지 않을까 싶을 정도다. 세월 인심 탓이나 할 수밖에.

가는 내내 우릴 기다리느라 새빨개진 단풍이 얼마나 곱던지 눈길이 자꾸만 갔다. 늦가을 풍경에 퐁당 빠진 여행길이 두고두고 생각날 것 같다. 돌아오는 길에 잔디밭에서 막걸리에 취하고 한 가락씩 불러본 노래가 추억을 만들었다. 아직도 구림면 남정리의 끈끈한 인정에 가슴이 따뜻하다. 고향을 그려 본 의미 있는 문학기행이었지 싶다.

2015. 11.

 죽어서 삼일

화성행궁

　왕궁 앞에 서면 중후한 아름다움과 거부할 수 없는 고아한 위엄 앞에 옷매무새를 다잡게 된다. 행궁의 정문이며 첫 관문인 신풍루 오른쪽에 화성행궁이라고 단정하게 쓴 정조의 어필이 눈길을 끌고 있었다. 넓은 마당에는 정조의 위민정치의 일환인 신풍루 사미도가 도자 판으로 표현되어 있었다. 1795년 을묘 행차 시 신풍루 앞에서 정조가 화성부에 굶주린 백성들에게 쌀을 내리고 죽을 끓여 먹이는 진휼 행사가 벌어졌다고 한다. 당시의 장면을 소상히 보여주는 이곳이야말로 정조가 새로운 개혁을 시도하고 백성들과 소통하는 열린 문화 공간 구실을 하였으리라.

　두 번째 좌익문을 거쳐 중앙문에 들어서니 봉수당에는 정조의 용상이 놓여있고 용상 뒤에는 어김없이 일월오봉병이 놓여 있었다. 한편에는 어머니 혜경궁 홍씨의 진찬(進饌)모형이 전시되어 있었다. 기막힌 한을 묻고 사는 어머니를 향한 애틋한 효심으로 진찬 연을 열었던 봉수당은 이백 년을 넘어 오늘날까지 애틋한 정조의 효성이 고스란히 담겨 있어 따스한 온기가 느껴졌다. 봉수당은 드라마 대장금의 촬영장소로 한류에 보탬을 했단다.

화성행궁 중 유일하게 원형을 보존하고 있는 낙남헌 앞뜰에서는 조선의 과거시험을 그대로 재현하고 있었다. 그 옛날 도포를 입고, 갓을 쓰고, 수염을 늘인 어르신들의 의젓한 자태가 혹여 타임머신을 타고 오셨나 하는 생각이 들었다. 듬뿍 먹물을 찍고 붓으로 한지에 써 내려가는 필체는 과거에 장원급제 하셨던 문장들의 현신이 아닐까, 착각할 정도로 멋진 과거 시험장이다. 20대 초반 어느 겨울 우리나라 최초로 내무부 공채 시험 보던 날이 문득 떠올랐다. 그때나 지금이나 시험이라는 것은 역사와 더불어 떼어질 수 없는 관계로 함께 할 수밖에 없는 중요행사라는 생각을 했다.

이곳에서 정조는 양로 연을 베풀었다고 한다. 지금도 곳곳에서 양로잔치를 열고 있지만, 그때 양로 연에 참석했던 384

                                                    죽어서 삼일

명의 노인의 감회가 어더했을까! 임금님이 잡아 준 손을 씻지 않으려고 명주 수건으로 감싸고 살았다는 시절이었으니까. 정조는 미처 잔치에 참석 못 한 노인들도 일일이 찾아서 빠짐없이 대접했다고 한다. 게다가 신분과 관계없이 노인들에게 노란색 손수건을 묶은 지팡이와 비단 한 필을 내렸으며, 임금님도 같은 술과 음식을 나누어 먹었다고 한다. 이렇듯 백성을 사랑하고 파당 정치를 막으려던 정조임금은 독살을 피하지 못하고 승하했다. 정조가 오래 살았다면 백성들은 더 행복했을 텐데 안타깝기 짝이 없다. 화성행궁 안의 많은 건물이 임진왜란과 6·25 전란으로 거의 사라져 다시 톤원했다고 한다. 그러나 정조의 아름다운 효가 깃들어 있는 낙남헌만은 화를 피해 원형을 보존하고 있다니 하늘도 정조의 효심에 무심할 수가 없었던 모양이다.

유네스코 세계문화유산으로 등록된 스원화성의 중심에는 화산 행궁이 자리 잡고 있다. 12년 동안에 13번이나 현원릉(융능)을 참배하면서 머물던 궁이다. 정조는 당파싸움에 희생된 아버지 사도세자에 대한 효심은 명당을 찾아 서울 배봉산에서 화성으로 이장하였다. 당파싸움으로 혼란한 정치를 개혁하고,

은퇴 후 여생을 보내고자 국력을 기울여 수원에 신도시를 건설하고, 화성행궁을 짓고 화성을 쌓았다.

수원 화성은 조선 후기에 만들었지만, 유네스코 세계문화유산으로 등재된 것은 동양과 서양의 장점을 따 과학적이고 실용적으로 성을 쌓았고, 그 기록이 고스란히 보관되어 있어서 가능했다고 한다. 성이라고 하면 중국의 만리장성을 꼽지만, 우리나라 수원 화성이 훨씬 훌륭한 성이라고 말하는 이도 있다. 성안으로 개천이 흐르고 자급자족할 수 있도록 계획된 도시에는 정조가 사랑하고 아꼈던 천재 정약용의 흔적도 엿볼 수 있었다.

화산 행궁 뒷벽에 능 행차를 기록한 '원행을묘정리의궤'에 기록을 생생하게 재현한 걸 보며, 창조도 중요하지만, 그에 못지않게 기록의 중요성이 얼마나 큰지를 깨달을 수 있었다. 기록에 의하면 참가인원만 1779명에 말 779필이 동원되었고 그 외에 배종한 인원을 합하면 6천여 명에 규모였다고 기록되어있다. 원행 규모가 작으면 한강을 배로 건널 수 있는데, 많은 인원을 정약용의 지혜로 배다리를 설치해 한강을 건넜다고 한다.

　이토록 번거로운 행차를 정조임금은 1년에 한 번꼴로 사도 세자의 능(융능) 참배를 위해 화성행궁을 방문했다. 화성행궁은 잠시 머무르는 단순한 행궁이 아니고, 개혁 계몽 군주가 지향했던 왕권의 보전과 정치적 군사적인 의미를 담지 않았을까! 이렇듯 여러 가지 목적으로 건립한 화성행궁은 잦은 전란으로 많은 건물이 소실되고 약탈당했다고 한다. 지금의 건물은 기록에 의존해 다시 건축해 오늘에 이르고 있다고 한다. 이제라도 우리의 문화유산을 소중히 생각하고 조상의 유적을 찾아 기록은 계속돼야 한다. 시간에 쫓겨 축제 행사도 제대로 관람하지 못하고 수원 화성을 떠나야 하는 발길이 몹시도 무거웠다.

2011. 10. 8.

5부

"공즉시색"을 회상하며

언제부터인가 죽음을 어떻게 맞이할 것인지? 구체적으로는 육신의 처리 문제에 대하여 생각에 잠기곤 한다. 나는 화장과 매장에 대해 오랫동안 고민을 하고 있다. 1000도에 가까운 화장로에 들어간 육신이 재가 되고 나면 나의 의식은 어디에 있을 것인가? 하는 질문을 늘 던지곤 한다. 몸이 없어진다고 몸을 의식하였던 의식이 없어질까? 뇌의 신호가 없어진다고 정말 이를 바라보고 있는 주체가 없다고 할 수 있는지? 뇌는 의식의 신호를 몸의 감각과 생각으로 표현하는 전달자로 인식 하는 것이 맞는다고 생각한다. 이는 뇌 과학의 연구가 긴 세월 동안의 천문학적 연구비를 투자하였지만, 아직도 초보 단계로 많은 영역이 미지수로 남아 있음은, 전산망 같은 뇌 신경이 주 체가 아니라 영적 존재가 이의 주체임을 수용하지 않음으로 뇌 과학이 점점 어려운 영역이 되는 것이 아닌가? 생각해 본다.

숨을 멈추는 날이 사고사가 아니라면 나 스스로 짐작이 되지 않을까? 팔십 고개를 넘고 나니 몸에 활력이 떨어지고 내가 정말로 늙었구나, 나이 먹었음을 인정하게 되더라. 허리가 시원치 않아 오래 걷지 못하는 것 빼고는 나는 아직 괜찮다고 자위했었다. 그런데 나이 이기는 장사가 없다더니 여기저기서 신호가 온다. 옛날 같지 않은 내 몸 따라 마음도 느슨해진다. 그동안 살아오면서 누구에게 섭섭하게 한 일은 없었는지? 어디 그뿐일까. 잘못한 말 한마디어 상처는 안 입었는지? 난 마음 평수가 참 좁았던 것 같다. 사람은 함께 살아가는 것이 맞는데 꽤 이기적이었던 모양이다. 신세 지는 것도 싫고, 내 식구가 자기 일만 잘하면 된다고 생각했었던 것 같다.

고등학교 때 "공즉시색" "색즉시공"을 접했다. 국어 시간에 한용운의 시를 배우면서 나온 이 어귀는 삶의 지평을 "있음"과 "없음"이 아예 존재하지 않는 선에서 바라보아야 함을 의미하고 있었다. "우리가 사는 것인가? 죽어 있는 것인가?" 이 질문에 무척 허망한 정서를 가지고 입시를 치러야 하는 고3을 보냈던 것 같다.

많은 세월을 거친 지금에 와서도 여전히 "나는 사는 것인가?" "죽어 있는 것인가?" "살아 있다면 사는 주체는 누구인가?" 이러한 질문을 하고 있다. 흔히들 "살아도 사는 것이 아닌 삶이 있듯이, 죽어도 죽는 것이 아닌 삶이 있을 수 있다"라고들 한다. 이 말은 어디에서 왔는가? 우리는 몸을 가지고 살아간다. 이 몸의 주체는 의식이라고 할 수 있다. 의식이 좁은 사람은 좁은 범주, 즉 "나" 중심적으로 결정하고 몸을 활용하고, 의식이 큰 사람, 즉 대아를 가지고 사는 사람은 여러 사람의 동의와 심중을 헤아린 넓은 범주의 방향성을 가지고 움직인다. 나와 너의 간격은 몸을 통하여 구별되지만, 의식은 하나로 뭉쳐질 수 있다. 하나의 목적과 이상을 가질 때 동지가 되고 가족이 될 수 있으며 이를 위하여 살아갈 때 남을 위하는 것이 곧 나를 위하는 것임을 몸으로 구현할 수 있는 것이다. 세상을 위한 한걸음이 결국은 나라는 작은 개인을 위한 결정이었음은 우리는 작은 실천을 통하여 너무 잘 알고 있다. 코로나바이러스로 흉흉한 도시에 "마스크 보내기"도 하나의 예가 된다. 될 수 있으면 외출을 삼가며 마스크를 착용하고 주의하는 것도 역시 세상과 나를 위한 행동인 것이다.

　타인을 위하여 무엇인가 도움을 주고 생색을 내고자 함은 "나"를 인정받기 위함이며 그 작은 "나"와 "너"가 결국은 하나임을 인식한다면 드러내고자 함이 아무 의미 없음을 바로 인지할 것이다. 결국은 "공즉시색" "색즉시공" 있는 것과 없는 것은 구별됨이 없으며 그냥 이 순간의 삶이 있을 뿐이며, 선택의 주체로서 있을 때 가장 자연과 가까운 상태라고 할 수 있다.

　결국은 몸이 없어져도 그 몸이 없어졌음을 인식하는 주체가 살아갈 때 살아 있음을 인정하고자 한다. 나는 사는 날까지 인식의 주체라는 자각이 좀 더 명확하여 가도록 기도하며 살아야겠다.

오징어 게임

자기가 있다는 의식이 생긴 시점부터 우리는 오징어 게임을 한다. 자기가 있으니 타인이 있고 그들과 공동의 자기연대가 생기는 순간 타인과의 공동의 연대에 대한 오징어 게임을 한다.

인류라는 가장 개념이 클 것 같은 공동 연대를 하는 순간 비인류의 또 다른 축을 공공의 적으로 삼거나 적어도 고려조차 하지 않는다. 인류를 하나로 그 나머지는 인류를 위한 존재일 뿐이다. 그래서 인류를 위한 자연인 것이고, 동식물인 것이다.

결국, 우리는 나의 인식의 범위까지 늘 오징어 게임의 규칙을 늘 지키며 밀려나지 않고자 상대를 제압하거나 포커페이스를 통한 잠재적 협조자일지, 누르거나 외면해야 할 상대인지를 파악해야 한다.

오징어 게임을 엎고 그만하겠다고 나오려는 사람들은 그 판을 나와도 끊임없는 또 다른 오징어 게임을 겪을 각오를 해야 한다.

우리는 어떻게 해야 이 판을 나올 수 있을까? 굉장히 중요하다. 이 질문은.

오징어 게임에서도 있고, 나올 수도 있는 그 선에 서 있으려면 내가 선택의 주체가 되어야 한다. 그러려면 일단 할 일은 단순하다. 잠시 시선을 바꾸면 된다. 집착과 몰입을 넘어서 다른 면을 인식하고 넘어가는 연습, 그 처음은 다른 곳을 바라보는 것이다. 그냥 그것이 익숙하여지는 시점이 이 판을 나올 수 있는 시작점이 될 것이다.

줄여서 말한다면 동전의 한 면 오징어 게임에 익숙한 시야를 텅 빈 하나의 존재로 이동하는 연습이 중요하다.

반복되는 감정과 나의 동선 습관에 다른 편의 동전의 또 다른 면의 경험 습관의 연습이 필요하다.

우리는 그래서 여행을 다니는지 모른다. 몸을 이동하여야만 다른 것들이 들어오는 익숙한 패턴을 벗어나는 것이 가능한 한 익숙함에 머무는 그 자체인 듯하다. 그래서 잠시 내가 있는 현실에서 떨어져 보고자 노력한다.

맨날 여행을 다닐 수는 없으니, 일단 다른 면을 애써 보자. 그리고 무심할 때까지 보자. 그러다 보면 적어도 시작점에 있을 것을 믿는다.

나는 하느님이 그 방향을 원할 것을 믿기에 그렇게 하도록 끌어 주실 것으로 생각한다.

질료

질그릇을 빚을 때 흙이 질료이다. 질그릇을 빚는 도공의 의도가 형상이다. 사전에는 질료란 어떤 실체(實體)의 바탕을 이루는 재료. 아리스토텔레스는 질료와 형상(形相)을 존재의 근본 원리라 생각하였고 예를 들어 가옥의 구조는 형상이고, 재목은 질료라고 설명했다.

질료는 세상이고 형상은 내가 바라보는 방향과 선택이다. 하늘과 땅이 혼재되어 섞여 있어서 하늘의 질료로 땅에 형상을 세우고 땅의 질료로 하늘에 뜻을 세운다. 이 말이 철학적이고 나랑 별도의 상념으로만 느껴진다면, 내 생각이 나를 가로막고 있다. 라고 말할 수 있다.

나는 무엇을 보고 있는가? 질료를 느끼려면 나를 회개하든 버리든 나라는 인식보다는 그냥 바라보아야 할 필요가 있다.

나를 통해서 바로 보지 말고 그냥 바라보기, 그러면 질료가 느껴지고 나조차 질료뿐임이 느껴진다.

그러면 방향성과 선택은 어디에서 오는가? 내가 질료의 일부분이라면 형상은 하늘의 뜻일 수도 있거나 적어도 마땅히 되는 방향일 수도 있다. 스스로 수용하는 범위에서의 형상이다. 라고 하겠다. 자기 속에서 저항이 일어나지 않고 내맡길 수밖에 없는 선택이 형상, 즉 뜻일 수 있는 것 같다. 나이 오십이면 지천명이라고 했다. 질료를 가지고 형상을 구현하는 것은 마땅히 지천명의 상태일 수 있으며 어디까지 수용, 내맡길 수 있는지? 이는 자기 그릇을 말하는 것일 수 있다.

"나는 누구인지? 삶의 목적은 무엇인지?" 이 화두는 명확히 할 필요가 있다. 이 부분에 대하여 명확한 인식을 하고 있을 때 질료를 활용한 형상 구현의 방향성이 결정되어 진다. 나는 그냥 있는 존재로서 질료 안에 형상의 선택성이 주어진 상태이다. 또한, 이를 몸으로 겪고 체험하면서 더욱 명확히 인식하는 것이 목적이다. 종교적으로 말하면 그럼으로써 하늘에 귀의하는 것, 삶을 마감하데 영원성에 맡기는 것, 하느님께 돌아가는 것, 원래 있던 자리로 돌아가는 것, 죄 사함 받는 것, 영원히 사는 것 등으로 정리할 수 있다.

나는 그 무엇이 아니라 상태로 표현하는 것이 적절하다. 우리는 정의 내리기에는 계속 변하며 무엇 하나 보존되는 것이 없어 보이는 일종의 그때그때의 상태이다. 즉 "I am XXXX"는 순간순간 다르게 표현될 수 있다. 이 뜻은 나는 내가 무엇이라고 생각하는 그 이미지 혹은 상터인 것이다. 즉 아무것도 아닌 어떤 상태, 즉 믿기 어려운 유동적인 존재라고 할 수 있으며 동시에 절대적 존재와 연결된 존재인 것이다. 절대자와의 분리감을 체험을 통하여 깨달아서 복귀, 원래의 자리로 돌아오라는 여정이 우리의 삶이다. 질료로 형상을 그날그날 만들면서 헛된 수고를 통하여 원래의 찬란한 자리로 복귀함이 우리 삶의 과정이다. (프로세스이다)

2024년 12월 3일 밤 11시

꿈인가? 생시인가?

내 안에서 일어나는 상념이 현실로 투영된 것인가?

현실이 나를 잡아먹고 있는 것인가?

윤석열 대통령이 계엄령을 선포하는 순간 아련한 80년으로 돌아가고 있었으며 가짜뉴스로 판단하면서도 실제로 일어난 일이라면 하는 두려움으로 아득한 상념으로 가고 있었다.

생존하고자 전체의 의미를 애써 물어 왔던 광주의 80년 5.18을 다시 한번 겪어야 하는가?

이제는 서울 한복판에서 군인과 학생, 시민이 서로의 생존과 책임을 지고 버티어야 하는가?

나는 지난날처럼 다시 한번 소시민으로 일상으로 회피하여야 하는가?

 죽어서 삼일

두려운 질문이 꼬리를 물면서 지금의 뉴스 보도가 나의 지론인 마음의 법칙이 만들어 낸 허상의 이미지같이 느껴졌다.

국군통수권자가 계엄령을 선포한다는 상황으로 간 이유를 내 안에서 찾고 싶었다.

성당에서 미사 참회 예절에 늘 암송하는 "내 탓이로소이다" "내 탓이로소이다" "내 탓이로소이다" 세 번 반복하는 자기 회개는 자기 생각, 감정, 언행 모든 것이 본인이 처한 모든 상황을 만든다고 자인하고 있어야 한다.

오늘의 계엄령이 있기까지 나는 현 사태, 시대적 상황에서 무슨 자각을 가지고 살아왔는지?

정치는 나랑 상관없다고 여기고 있던 것은 아니었는지?

정치인과 위정자들을 위한 기도는 제대로 드려 왔는지?

나의 바람과 기도는 다분히 가정과 친지를 벗어나지 못하는 지나칠 정도로 소박한 것은 아니었는지?

모든 것이 연결되어 있음을 알 때 나의 작은 자각과 기도는 하나의 나비의 날갯짓이 태풍을 불러일으킬 수 있음을 또한 인식하고 있는데 이 국가적 상황은 나 개인의 책임으로 와닿아야 하는 것이 아닌가?

내가 생각하는 지론 "마음의 법칙"은 내가 바라보는 방향과 바라는 상은 지금 내가 겪고 있는 현상이다. 라는 것이다. 내가 나만의 안위에 집중하는 동안 나를 둘러싸고 있는 이 시스템은 관심이 없었으며 이 체제에 대한 책임은 나 아닌 그들에게 있다고 믿는 순간 그들이 작은 나를 통제하게 된 것이다.

내가 살아가기 위한 시스템을 지키기 위한 나의 관점과 적은 노력의 바람은 이어져야 할 것이며, 이러한 주인의식은 커다란 결집체가 되어서 몇몇 사람들의 의도대로 공동체가 흘러가게 내버려 두지 않을 것이다.

나는 지금 이 자리에서 면벽하고 기도를 하고 있다. 나의 테두리, 자아에 대한 틀을 쳐다보면서 세상을 위하여 나의 내면의 청소를 하고 있다. 나는 소우주인 듯하다. 내가 청소되고 나의 수많은 자아가 충돌을 이해하고 조화를 이룸을 바라보고 있다. 내면의 잦은 소리가 사라져 가는 흐름에서 테두리 밖의 세상은 또한 이를 반영하여 같은 상황을 보여 주고 있다. 다름을 인정하고 공존하면서 최선의 대안을 제시하는 공동체로 이루어지는 민주사회의 세상을….

 죽어서 삼일

내면의 시끄러운 소리를 조율하고 설득하는 것과 동일한 세
상의 돌아가는 방식.

내가 세상인가? 세상이 나인가?

노인과 바다

　산티아고 할아버지는 이 이야기에서 어느 정도의 나이인지는 전혀 언급이 없다. 다만 "노인"으로 표상되는 한 사람의 삶과 망망대해에서 거대한 다랑어와의 연민과 애증으로 홀로 하는 깊은 대화가 이 글의 전부다.

　나이만큼 늙은 조각배와 돛, 그물을 손질하며 바다에 나가 84일째 빈손으로 돌아온 노인에게 그의 무능과 운 없음을 배꾼들이 조롱하며 험담을 한다. 그러나 그의 뒤에는 바다색을 닮은 명랑하고 활기 있는 눈을 반짝이며 공감하고 따르는 소년이 있다. 연이은 빈 배의 날이 계속되자 부모의 강요로 소년은 떠났고 노인은 혼자서 다시 먼 바다로 고기잡이배를 띄운다.

　노인의 배보다 60센터는 더 길고 큰 물고기가 걸렸다. 노인은 엄청나게 큰 물고기와 긴 사투를 바다 한가운데에서 벌인다. 팔씨름 챔피언으로도 불리었던 노인의 오른팔은 쥐가 나고 어깨에 부상이 생기는 등 체력이 고갈되면서도 큰 물고기와의 싸움은 계속되었다. 삶을 걸고 물고기에게 연민을 느끼면서 대답 없는 대화를 풀어 가며 외로운 노인은 삶을 반추한다. 고기 잡는 어부라는 직업을 평생 지키다 보면 어느 정도 삶의 단순성과 반복성에 삶을 투영하여 나의 정체성은 일 자체인 것으로 규정되어 가는 것 같다.

오늘 하루가 나인 것이고, 오늘 지금 하는 내 일이 내 삶 전부이고 몰입하다 보면 그것이 우주적 한 점으로 일체의 잡념과 갈등이 없는 상태로 행해지는 것으로 보인다.

물고기와 계속 대화를 나누는 노인은 물고기의 살점이 상어에게 떨어져 나가는 것을 안타까워하며 물고기의 생애를 애도하기까지 한다. 이미 노인에게는 어부인 자신은 없고 물고기만 있는 것이다. 물고기를 잡는 목적은 달성이 되었지만, 물고기는 노인에게는 없는 것이다. 기나긴 고기잡이를 끝내고 돌아온 노인은 초라한 침대에서 곤한 잠에 빠져들었다. 이를 지키는 소년은 눈물을 터뜨린다. 노인의 삶, 바다에서의 고기잡이 하루는 개인의 삶 전체가 단순화되어 갈 수밖에 없으니, 이는 세상의 중심이 아니라 주변 변두리에서의 노인의 일상이고 평생일 뿐이다. 엄청난 크기의 고기 **뼈**를 보는 관광객들에게는 노인의 사투는 없고 투영 속에는 상어의 꼬리가 멋지다는 감탄만 있을 뿐이다. 진지한 삶의 투쟁과 사랑은 위대하지만, 그 또한 지나가는 사건일 뿐이고 기억하거나 쳐다보는 일 없는 노인의 일상일 뿐이다.

우리 삶 자체는 한순간 한순간이 매우 힘들고 의미가 있을지 몰라도 타인에게는 보이지 않으니 상관이 없으며, 누군가의 인정이라는 것은 바라기 힘들며 매우 허망하다는 메시지가 있다고 보인다. 그 삶 자체의 위대함이 있되 타자는 자기의 흥미와 관점만 존재할 뿐이다. 노인의 모험적 고기잡이 여정이 관광객의 눈에는 들어오지 않음은 우리 삶의 단면을 보여주는 것 같았다. 우리는 같이 살아가되 각자의 테두리 속에서 별개로 살아가고 있음을 이 글이 보여 주고 있었다.

헤밍웨이 작품의 문학성과 통찰력에 크게 이끌림을 받으며 바다 한가운데서 이루어지는 큰 고기와의 대화에서 글의 절정을 이끌고 있었다. 끝에 관광객의 고기에 대한 호기심은 삶의 무상함으로 연결해서 우리 사회의 단면까지 제시함을 보았다.

물고기와의 대화에 몰입하기가 쉽지 않아 잠깐씩 쉬어 가며 읽기도 했다. 다행히 코로나로 시간이 여유로워 다시 읽고 싶었던 헤밍웨이의 작품을 충실하게 읽고 모처럼 독후감을 쓸 수 있어 보람찬 하루였다.

죽어서 삼일

살 만큼 산 시점에서 죽음의 준비에 무심할 수는 없다. 실질적 현실적 준비도 해야 하지만 삶의 끄트머리 여정에서, 그나마 남아 있는 시간 속에서 정신 차려야 할 몇 가지를 스스로 자각하고자 한다. 더는 후회하는 일이 없도록 깨어 있는 상태에서 남은 여정을 지내야 한다는 마음 새김이 있다.

죽으면 흔히 3일장을 지낸다. 3일의 기간은 삶을 같이한 인연들 속에서 정말로 헤어질 시, 남는 사람과 떠나는 사람이 서로를 놓아 보내 주는 그런 시간이 이제는 가까이 와 있음을 아는 시점에서 몇 가지만 정리하고자 한다.

첫째 나는 주위를 좀 살폈어야 했다. 내 의도만 중요했고 내 성실함, 책임감, 최선만이 있었다. 나는 진실했고 내 자세는 매우 겸손했으며 내가 할 일은 다 마무리했다. 이것이 나의 삶의 틀이자 핵심 그리고 습관이었다. 내 안에서 온 힘을 다해 살았기에 타인, 가족, 이웃에게 결과의 책임을 묻고는 했다. 직접 논쟁하지는 않았어도 나는 언제나 내가 할 일에 최선을 다했고, 진심이었다. 결과가 적절치 않았을 때는 타인의 자세에 문제가 있음이 너무 명확해 보였다.

우리는 생각의 파장이 다르고 마음의 결이 다른 타자들이다. 결국은 내 안에서의 최선은 내 눈의 필터로는 상대방을 있는 대로 바라보기에는 역부족인 것을 지금에서야 시인한다. 나는 얼마나 많은 죄를 짓고 살았는가? 알고 지은 죄, 의식하지 못하고 한 말로 다른 사람의 삶에 어떠한 영향과 파장을 주었는지, 습관에 의한 모든 것들이 다 죄일 수도 있음을 인식하고자 한다. 나도 모르게 평가하는 말, 그 잣대로 그는 내 삶에서 내가 받은 교육의 산물 평가라는 기준으로 주변 사람을 판단하고, 이 사람은 이런 유형이라고 단정하지 않았는지. 그러면서 그 프레임을 씌우고 그렇게 상대방을 보지 않았는지?

다 같은 하느님의 자녀를 내가 무슨 권한으로 그렇게 판단할 수 있었을까?

이제 내게 남은 길지 않은 시간 동안만이라도 이제껏 사용하

여온 내 기준의 필터 안경을 벗고 있는 대로의 사람을 보게 해
달라고 기도하련다. 적어도 얼마나 주어질지 모르는 시간 동
안이라도….

두 번째는 나는 좀 더 솔직했어야 했고, 용감했어야 했다.
나는 나의 욕구를 인정하고 도전했어야 했다. 나는 나의 한계
를 인정하지만 안주하거나 회피하거나 자족하기보다는 한번
나를 세상의 한가운데 도전장을 내밀었어야 했다. 결혼으로 도
피하지 말고 좀 더 도발적으로 한번 세상과 싸웠어야 했다. 나
는 좀 더 공부하고 싶었고, 성공하고 싶었다. 나는 나의 지성
으로 대결하고 싶었다. 하지만 4.19 이른바 우리나라 초창기
혁명적 사건은 나에게는 교육과 생계보장의 환경이 무너져 자
립과 소녀 가장 같은 상황이 펼쳐졌었다. 그래도 나는 옥죄는
상황에도 나를 쳐다보고 알아주었어야 했다. 결국은 내 욕구
와 욕망을 알아줄 수도 있었지만 하지 못했다. 주변 사람의 고
통과 불안이 느껴져서 이들을 지켜야 할 것 같았다. 나의 어린
자아는 이때부터 왜곡되고 구부러지는 법을 배우고 있었다.

이제는 허리가 구부러져서 곳곳이 걷기도 어렵다. 이제라도
내 욕구를 인정하고 받아 주려고 한다. 비록 등과 허리는 굽었

     죽어서 삼일

지만 내 삶의 원동력이 되는 욕구 소망 꿈을 인식하고 한 자 한 자 글을 쓴다. 이 글은 내 젊은 날의 보상이고 세상을 향해 날고자 하는 나의 용기다.

나는 지금 남은 삶 동안 솔직하고 용기 있는 자이고자 한다. 그래야 죽어서 삼일, 나를 떠나보내며 슬퍼하는 나의 지인들을 돌아보면서 담담하게 인사하면서 갈 수 있으리라. 아무런 여한이 안 남았기에….

셋째 나를 이 세상에 보내 주신 하느님의 뜻은 나의 인연과 사랑하고 늘 감사하며 살아 보라는 것임을 안다. 내가 결국 돌아가야 하는 본향에 가기 전에 이 삶에서의 인연이랑 부대끼며 하느님의 사랑을 실천하라는 미션이 내 삶에 주어진 것을 안다.

좀 더 사랑했어야 했다.

좀 더 용서했어야 했다.

좀 더 나를 내주었어야 했다.

사랑하기 위한 지혜를 기도로 간구했어야 했다.

그러지 못한 아쉬운 세월을 뒤로하고, 이제야 내게 남아 있는 불확실한 짧은 기간이나마 여한이 없도록…. 훌훌 털어 여

한이 안 남도록 죽어서 삼 일을 마치며 본향으로 갈 수 있도
록, 사랑하고 감사하며 살아야겠다.

이것이 내가 죽어서 사흘을 준비하는 나의 그림이다.

2024. 10. 13.

죽어서 삼일

좋은 수필을 쓰려면

우린 좋은 수필을 쓰기 위하여 쓰고 또 쓴다. 그러나 이만하면 내 대표작이 될 수도 있겠다는 작품이 안 보인다. 그럴 수밖에 없다. 어느 소설가가 신문에 기고한 〈걸작의 비결〉이라는 글을 접하게 되었다. 천재인 모차르트는 35세까지 600여 곡을 작곡했고, 베토벤은 650곡, 바흐는 1000곡 이상을 작곡했다. 하지만 우리가 애청하는 걸작은 손가락으로 꼽을 정도다. 셰익스피어는 20년 동안 희곡 37편을 소네트 154편을 썼다. 하지만 지금도 사랑받고 있는 작품은 몇 작품에 불과하다.

천재들의 엄청난 노력의 결과물을 알고 부끄럽단 생각이 들었다. 컴퓨터 앞에 앉아 있는 시간에 글을 얼마나 썼느냐가 이토록 중요하다고 생각한 적이 없었다. 메일을 열면 엉뚱한 곳에 관심이 가 시간을 낭비하기 일쑤였다. 밤을 새워 쓸 만한 의지도 정열도 없이 변방을 떠돌았으니 소질을 운운할 자격도 없다. 좋은 작품이 나오려면 그만큼의 노력과 열정이 있어야 하거늘…. 입문한 지 십 년이 넘었어도 지금도 아마추어에 불과하다. 라는 건 당연하다.

'남의 생각이 아닌 나만의 독창성을 발휘하여 작업량을 늘리는 것이 중요하다.'라고 권한다. 맨부커 인터내셔널상을 받은 한강의 《채식주의자》를 보면 독창적인 상상력에 이래도 되는가 하고 혀를 내두르게 된다. 작가만의 독창성이 세계로 통하는 작품으로 인정을 받았다. '현대에 있어 독창성과 집중이란 한 가지만 파는 게 아니다.' 예를 들면 '하나의 기발한 제목을 정하기 위해서는 적어도 25개의 제목을 생각해야 한다.'라고 한다. 절박해지면, 기존의 틀을 깨고 새로운 생각이 떠오르기 시작한다. 24번째 제목이 형편없어도, 25번째 제목이 당신을 전설적인 인물로 만들지도 모른다. 라고 '독창성과 작품의 질을 담보하는 건 결국 압도적인 작업량이다.'라고 글을 마쳤다.

틈틈이 글을 읽으며 이게 나의 취미거니 했다. 퇴직 후에는 취미로 시작한 수필을 언젠가는 잘 쓸 수 있겠거니 하고 생각했던 날들이 허망스럽기까지 했다. 나의 대표작이라도 한 편

                                        죽어서 삼일

만들려면 작업량이 형편없이 부족했음을 절감했다. 좋은 글을 쓰기 위하여 얼마나 많은 독창성과 작업량이 있어야 하는지 일깨워 준 글에 감사한다.

좋은 수필을 쓰기 위하여서는 많이 읽고 여러 가지의 이론도 습득하고, 글을 많이 쓰는 것이 왕도라는 생각이 든다. 수필은 읽고 지식을 얻거나 재미있는 유머가 있다면 금상첨화고 감동을 주는 작품이 최고가 아닐까. 작고하신 어느 수필가님이 한적한 농촌에서 암 투병 중 인생을 달관한 듯 담담한 필치로 써 내려간 수필집을 읽으며 나 자신이 치유되는 듯 감동을 했다. 그래서 산중에서 암 투병하는 어느 지인에게 그 수필집을 보내며 아름다운 이야기가 엮이기를 바란다.

어느 문학지의 편집장님은 글은 오래 썼다고 잘 쓰는 게 아닌가 보다 칭찬을 하고, 원고 청탁을 받았을 때는 다시 한번 수필아, 고맙다. 고 나의 수필집을 폭 껴안기도 했다.《선 수필》,《책과 인생》,《한국 작가》 등에 작품이 게재되었을 때는, 타고난 재질은 부족하지만, 수명이 다하는 날까지 수필을 써야겠다는 힘의 동력이 되기도 했다.

수필 외에는 감히 다른 생각조차 못 하던 내가 작년부터 시낭송을 시작했다. 현대 시의 난해함에 겁을 먹었던 지난날은 뒤로하고, 명시들의 마력에 빠져 시와의 소통의 문을 조금씩 열어 가고 있는 요즈음이 행복하다. 수필을 줄이면 시가 되고, 시를 늘이면 수필이 된다는 말을 알 것 같다. 그러면 시를 닮은 수필이 탄생할지도 알 수 없는 일이 아닌가? 나도 시 같은 장(掌)편 수필을 쓸 수 있는 날이 행여 오지 않을까 하는 생각을 해 본다.

지금도 일주일에 한 번씩 수필 강의를 들으러 다닌다. 한 귀로 듣고 한 귀로 새 버릴망정 결석을 삼가며 열심히 다니고 있다. 각종 문학 강의가 있으면 힘들어도 쫓아다니고 있지만, 천부적인 자질 없음을 탓하지는 않으련다. 수필은 웃으면서 들어가 울면서 나온다는 말이 맞는다고 생각한다.

6부

라면은 왜 꼬불꼬불할까

시장이 반찬이라지만 배고플 때 먹는 라면의 맛은 일품이다. 거기다 신 김치를 곁들이거나 포도주 한 숟가락을 넣어 끓이면 속이 확 풀리는 대용식으로 훌륭하다. 1963년 9월 15일 라면이 탄생했으니 50여 년의 역사를 가지고 있다. 배고픈 국민에게 한 끼 대용식이 출연한 그날 친구들과 서울 시청 앞 길거리 시식을 하며 새로운 맛에 고개를 끄덕였다. 그랬던 간편식 라면이 다양해지며 라면 햄버거가 등장하고 코미디언이 개발한 꼬꼬면이 라면시장을 뒤흔들고 있었다. 오늘의 인터넷 세상에는 10년 전 '매운 콩라면'의 맛을 그리워하는 글이 도배하고 있다. 이제 라면도 당당한 먹거리로 세계 관광지 어딜 가나 한류에 한몫을 톡톡히 하며 라면이 우릴 반기니 대견한 생각이 든다.

세계 시장에서 1년에 약 954억 개(2010년 세계라면협회 조사자료)가 소모된다고 한다. 주식보다는 저렴하기에 허기를 면하려 세끼를 라면으로 때우는 사람들이 있기에 억이라는 단어가 나오지 않았을까. 요즈음은 보양식 라면에 기능성 라면까지 등장하고 있으니 다행이지 싶다. 외손녀는 외식할 때면 가끔 신라면을 찾는다. 매워 물에 씻어 먹으면서도 라면을 찾는 걸 보면 별미 중 별미로 입맛이 당기는 모양이다. 한 번은 서영이 아빠가 늦는다고 전화가 왔다. 기회는 이때다 싶었는지 아이들이 라면을 끓여달란다. 밥 만큼 좋은 게 없다고 강조하는 아빠 때문에 라면이 먹고 싶어도 눈치를 보는 아이들이다. 그래 숨겨놨던 라면을 찾아 끓여 막 먹으려고 젓가락을 드는데 현관 키 누르는 소리가 들렸다. 큰 녀석이 잠시 망설이더니 냄비를 들고 제 방으로 들어가 문을 잠그고 불도 껐다. 아마도 몰래 먹던 라면이 세상에서 제일 맛있는 별식이 아니었을까.

라면의 면은 왜 꼬불꼬불할까. 작은 봉지에 56m 면발을 담으려면 직선보다는 구부러지는 게 좋을 것이고, 곡선으로 인해 생긴 공간은 면을 튀길 때 시간이 절약되며, 수분 증발이 원활할 것이다. 또 조리 시간을 줄일 수 있기에 그리된 모양새다. 지금까지와는 다른 모양의 면이 어찌 보면 귀엽기도 하다. 면을 젓가락으로 집으면 스프링 모양의 동글동글 면이 따라 올라와 먹기도 쉽다. 유선형이 시각과 미각에 더 어울리고 유통 과정에서 파손 방지나 취급에도 쉬워 그리되었다고 한다.

삼양식품 전 사장이 남대문 시장을 지나는데 꿀꿀이죽을 먹으려 늘어선 허기진 국민이 가엾어, 라면 공장을 만들 결심을 했다고 한다. 전 사장은 당시 실세인 김종필을 찾아가 꿀꿀이죽을 먹는 백성의 참상을 전하며 자금을 요청했다. 이에 동감한 그는 농수산 예산의 절반인 30만 달러의 정부 보조금을 내놓았다고 한다. 이미 4년의 건(乾) 라면 생산의 역사를 갖고 있었던 일본에서 기계를 수입해 오늘의 라면이 시작됐다고 한다.

전 사장은 라면 제조 기술을 배우려 직접 수습공으로 들어가 배웠다고 한다. 그러나 일본이 개발한 건 라면 기술을 온전히 들여온다는 건 군사 기밀을 얻어 오는 것보다 더 어려웠다. 다행히 묘조(明星)식품 오쿠이 사장을 만난 덕에 기계 2대에 50만 달러인데, 30만 달러만 받고 돈 벌어 갚으라며 주었다니 고마운 사람이다. 오쿠이 사장은 전 사장이 보험회사 사장이며, 친구들의 됨됨이까지 조사해 보고 정직한 사람이라는 걸 알고 나서야 도움을 줬다고 한다. 그러나 수프의 비율을 알 방법이 없어 하는 수 없이 비행기에 오르려는데 명성식품 사장이 남몰래 비법을 적은 쪽지를 전해 줘 오늘의 라면이 탄생했다고 한다.

옛날 어느 집의 시어머니가 한 빨래는 하얀데 며느리는 아무리 열심히 빨아도 시어머니같이 뽀얗게 안 되더란다. 시어머니가 돌아가시게 되자 며느리가 어떻게 하면 빨래를 깨끗이 할 수 있느냐고 물으니 '뽀도독' 소리를 내고 돌아가셨단다. 이토록 비법은 자식에게도 안 가르쳐 준다는데, 명성식품 사장은 한국전쟁으로 많은 돈을 벌었다면서 비법을 알려주었으니 고마운 사람이지 싶다.

삼양식품은 1961년에 창업을 했지만, 라면 첫 출하 날인 1963년을 창사일로 정할 만큼 애정을 쏟은 사업이었다. 확신하고 시작한 사업이지만 생소한 먹거리를 국민에게 알리기까지 사업이 너무 힘들었다고 한다. 하지만 끝까지 버틸 수 있게 해준 건 허기진 국민에게 희망을 잃지 않도록 해 줘야겠다는 그 나름의 사명감이 없었다면 포기했을지도 모른다고 술회한다.

진정한 기업인이라면 돈을 버는 게 아니라 기업을 일구고 발
전시켜 그것을 통해 인류 사회에 이바지하는 과정을 당연시하
는 사람이리라. 더불어 이웃을 사랑하고 배려하는 마음으로
일자리 창출에 적극적으로 동참한다면 만인이 사랑하는 기업
으로 존중받으리라. 모든 기업이 다 함께 사는 사회를 지향한
다면 모두가 살 만한 세상이 되지 않을까!

2011. 12. 31.

 죽어서 삼일

노인 천국

　아침에는 으스스하더니 12월 날씨치고는 이사하기에 괜찮은 날씨다. 내 몸 하나 건사하기도 힘든데 독거노인 이사하는 데 함께 가자고 한다. 왈, 이사 안 간다고 고집을 부려서 혼자서 감당이 어렵다고 한다. 그냥 옆에만 있으면 된단다. 인연이 있다고 봉사하는 마음이 대견해 내 일정도 포기하고 따라나섰다. 아파트단지에는 이삿짐 옮기고 수리하느라 트럭까지 드나드니 어수선했다.

　나라에서 의지가지없는 노인에게 아파트를 제공해 20년을 살았단다. 나도 나이를 먹고 여기저기가 시원치 않아 청소고 뭐고 하기 싫고 매사가 귀찮다. 9C이 넘은 노인이 주인이니 집도 같이 늙어 실내 수리를 해준다는데도 귀찮기만 한 모양이다. 시에서는 외벽은 페인트 도포를 깨끗이 해서 새 아파트 같

다. 먼저 수리한 앞 동 아파트로 이사를 해준다고 해도 따라주
지 않아 고충이 많단다.

월요일에서 금요일까지는 점심도 제공하고, 기초생활비도
달마다 또박또박 주는 대한민국 노인 천국이다. 기초생활 수
급자는 병원도 공짜란다. 우리나라의 복지 정책이 잘 돼 있다
고 생각했지만, 이 정도인 줄은 몰랐다. 그렇다고 누구나 늙으
면 혜택을 누리는 것은 아니다. 조건에 맞아야 가능하단다. 사
람이 먹고, 입고, 자는 것이 해결되더라도 사는 조건이 완전하
다고는 할 수 없다. 얼마 전까지만 해도 가끔 혼자 며칠씩 있
어도 즐겼는데 80이 훌쩍 넘으니 집안에 혼자가 되면 잠을 못
잔다. 집안에 누가 있고 없고가 이토록 크게 영향이 있으리라
고는 생각지 못했다.

그래도 노부모를 모시는 이에게 효자상을 마련해 다른 사람
에게 본을 보이는 건 의미가 작지 않다고 본다. 잘하고 못하는
것을 떠나 늙은 부모와 같이 사는 자체가 힘든 일이거늘 바라
지도 말아야 한다. 작은 아파트라도 마련해 독립시킬 자식이
얼마나 될까? 우리나라가 얼마나 잘사는지 우리만 모른다는
외국인의 지적이 생각난다. 지방 도시에 15층 아파트에 7, 8

　　　　　　　　　　　　　　　　　　　죽어서 삼일

평의 보금자리를 돌보는 이 없는 노인들의 거처로 제공했다니 놀랍다. 외로운 노인들이 한 건물에 모여 사니 벗이 있어 심심치 않으니 얼마나 다행스러운 풍경인가.

누구나 늙어 간다. 어린이들에게 보호자가 필요하듯이 고령자에게도 도우미가 필요하다. 나도 병을 얻어 일상생활이 힘들어 주민 센터에 돌봄 신청을 했지만, 쉽지 않을 거라더니 연락조차 없다. 오늘 이사하는 90녀는 조건이 맞아 나라의 은덕을 입었으니 참으로 고마워할 일이다. 정부의 돌봄으로 당당하고 건강하게 편안한 말년을 보내고 있으니 보기에 참 좋다. 새삼 대한민국이 참으로 살기 좋은 나라라는, 생각이 든다.

마음을 훔치는 앵글

　시월은 덥지도 춥지도 않고 쾌적하다. 하늘은 푸르고 미세
먼지도 잠잠하다. 이토록 좋은 계절에 사십 년을 두 번째 맞이
한다고 자식들의 주선으로 여의도 어느 한식점에서 조촐한 잔
칫상을 받았다. 초등 손자는 작은 바이올린을 켜고, 하모니카
를 부는 모습이 어찌나 귀엽던지! 어른들의 푸짐한 입담과 장
기자랑에 웃음이 끊이지 않으니 화기애애한 한마당이었다. 며
칠 후 서울에서 가족사진이 왔다. 모두가 웃고 있는데 뒤쪽 끝
에 손자 녀석 하나가 드라마에서나 봄 직한 무표정의 얼굴에
얼마나 놀랐던지 숨이 멎을 것 같았다. 백일을 지난 아기가 배
밀이로 뱅뱅 돌다가 슬픈 노래가 흐르니 고개를 들고 한참 듣
더니 눈물을 흘려 모두를 놀라게 했던 아이다.
　감성이 돋보이던 아기는 돌이 지나자 어찌나 말을 잘하던

지, 신기해서 보는 이마다 말을 건네 보던 아이다. 그 아이는 욕하고 장난이 심한 아이하고는 놀지도 않았단다. 중학교 3학년이 돼서는 친구를 사귀지 못하고 외톨이가 되더니, 결국은 짓궂은 아이들의 놀림감이 되고 왕따를 당했단다. 감성이 섬세하고 착한 아이는 한창 꿈을 향하여 날아보지도 못하고 지옥에서 몸부림치고 있었으니 표정이 그랬던 모양이다. 얼이 빠진 것 같은 눈은 초점 없이 등공은 텅 비어 있었다. 감성도 의욕도 팽개친 아이에게 잔치가 무슨 대수라고, 사진 속의 아이는 그냥 육체만 서 있었을 뿐이다. 그 아이만 생각하면 가슴이 아리다.

뉴스에도 자주 등장하는 왕따 사건을 들을 때마다 얼마나 힘들었으면 그랬을까? 하고 가슴이 아팠지만, 어른들이 할 수 있는 일은 아무것도 없단다. 시간이 가기만을 기다릴 수밖에. 그런데 막상 내 손자가 당하고 있다는 현실은 가슴은 미어지고 서울로 당장에라도 뛰어 올라가고 싶었다. 화가 나서 견딜 수가 없어 혼자서 어찌할 바를 모르겠더라. 우리가 학교 다닐 때는 심한 왕따 사건은 없었는데 갈수록 영악해지는 아이들은 친구를 괴롭혀 얻는 것이 무엇일까? 학교에서도 집에서도 그냥 시간이 지나기만을 기다리는 피해 학생은 어찌하라고?

다른 아이와 생긴 모습이 좀 다르다는 이유만으로 아이들의 기피 대상이 되고, 놀림감이 되어 학교 가기 싫어하는 이야기가 담긴 외국영화를 본 적이 있다. 제목도 생각이 안 나지만 학교와 학부모 간의 협조로 사건을 지혜롭게 처리하는 걸 보며 부러웠다. 교장 선생님이 앞장서서 급우들을 친구가 되도록 거들어 주니 그 아이가 정상적인 아이로 살아가는 것을 보며 우리나라의 현실이 암담했다. 왕따를 못 견디고 산목숨을 던져 버리는 일들이 벌어질 때마다 안타까운 사연은 당사자가 아닌 우리에게도 책임이 있음을 통감한다.

아이들에게는 측은지심이 없는 것일까? 저희와 조금 다르다고 집단으로 괴롭히는 아이들은 재미로 한다고. 씁쓸한 기억으로 남을 당사자들에게는 떠올리기도 끔찍할 텐데. 외신에 의하면 칠십 노인이 되어서, 학창 시절에 괴롭혔던 친구를 찾아가 사과했단다. 오랜만에 만났으니 반가웠을까? 오래전 일이니 이미 잊고 있었을까? 황혼 녘에라도 미안한 마음을 전했으니 빚을 내려놓은 느낌이었을까? 피해자는 저 깊은 곳에 있던 상처가 스멀스멀 올라왔을까? 그래도 웃으면서 악수로 끝

맺을 수도 있겠거니 믿고 싶다.

　모두가 평등하고 즐겁게 뛰놀고 공부하며, 티 없이 자라야 하는 청소년들의 따돌림은 어찌해야 막을 수 있을까? 그나마 양심의 가책을 느끼고 늙어서라도 사과를 받았으니 위로가 되었을까. 너무 고통스러워 스스로 몸을 던져 생을 마감하는 아이들은 어쩌고. 장난이라고? 학교가 어떻게 그리도 무력할 수 있을까? 백년대계라는 교육이 무너지면 인권이 존재할까?

　오늘도 사진을 본다. 피식 웃음이 난다. 사실은 '체'하고 싶어서 그랬단다.

2020. 2.

모든 것은 지나간다

나는 언제나 무엇이 진짜인지? 무엇이 허상인지? 에 질문이 있다. 무엇이 남아서 존재하는 것인지? 그냥 나의 관점에서 보이는 아우라인지? 그게 중요한 질문이다.

내가 본다고 본 것이 정말 있는 것인지? 아니면 나의 필터를 통하여 보이는 잔영인지 알 수가 없다. 얼마 전 있었던 일이다. 나는 몇 명의 서 있는 사람을 보았었다. 다른 사람들은 하얀 벽을 바탕으로 서 있어서 그 사람이 누구인지? 분명히 다 아는 사람들이었다. 그런데 가운데에 창문이 크게 있었고 가운데에 서 있는 사람은 빛으로 인하여 검게 보이고 약간 엄숙한 느낌의 사각 안경을 쓰고 있었다. 순간 나는 그 사람이 분명 내가 아는 사람임에도 불구하고 그 사람이 누구인지 잊어버리고 말았다. 그 검은 이미지는 나에게 유년의 잔영으로 무서

죽어서 삼일

운 우주인, 무서운 괴물로 다가왔다. 그 짧은 순간이나마 나는 정신을 차릴 수가 없었다. 잠시 후 나는 정신을 차리렷다. 그 사람은 젊은 40대 남자일 뿐이었는데 햇볕이 들어오는 데 서 있는 바람에 검은 상만 보였던 것으로 무의식에 있었던 우주인의 상이 겹쳐버렸다. 이럴 수가 있을까? 하는 사건이었다.

모든 것은 다 지나간다. 소중한 것과 하루의 일상이 다 지나가는데 지나가고 나면 기억에 잘 안 남는다. 그런데 지나 놓고 기억에 선하게 남는 몇 컷의 상황, 사진들이 있다. 이는 나의 필터를 통하여 찍힌 영화 속의 영상같이 의식적인 장면들이다. 이는 무엇을 설명하는가? 살아오면서 가지게 되는 관념, 감정의 습관, 인상으로 인하여 어떤 일정한 상황과 사건, 사람이 있는 대로 보이는 것이 아니라 왜곡되어서 특정한 감정과 같은 필터로 보이는 것이다. 모든 것은 다 지나가야 하는데 나의 의도, 무의식적인 시야를 통하여지나 보내지 못하고 각인이 되어 버려 상황에 따라서 튀어나오는 것으로 나의 삶의 걸림돌이 되는 경우가 많다.

모든 것은 지나간다. 그게 자연의 법칙이고 그 모든 기억도 자연이고 나도 자연 일부로 지나간다. 있는 줄 알았는데 없는 것이었다. 그런데 지나 보내지 못하는 것은 무엇인가? 이미 지나온 날들인데 나의 세월을 그 시점에 묶어 두고 있는 것은 무엇인가?

어린 시절 보았던 우주인의 이미지, 괴물의 이미지는 검은 저승사자의 이미지가 지금의 나에게 영향을 미치고 그 이미지를 통하여 다른 사람이 그렇게 보인다는 것은 수없이 많은 필터로 세상을 보고 겪고 있다는 것으로 보인다. 의식지 못하고 지나 보내야 할 것을 지나 보내지 못하고 마음에 담아 두고 있다. 이것은 왜 그런가?

미워할 것이 없는 사람을 여전히 미워하고 분별하지 말아야 할 것을 여전히 시시비비를 가리고 판단하려고 하는 것은 무엇인가? 나의 기억과 그 기준은 어디에서 왔는가? 지극히 정상적인 젊은 남자를 나는 검은 그림자의 이미지로 순간 괴물로 본다는 경험은 나의 왜곡된 시야를 보여 주는 깨달음으로 다가왔다.

어려서부터 괴물, 우주인의 이미지를 이 순간에도 사람에게도 투영할 수 있다는 예가 모든 것을 지나 보내야 하지임에도 불구하고 잡고 있고 편견이 있는 나의 필터로 받아들여진다.

  죽어서 삼일

살아오면서 얼마나 많은 나의 주관적 시야로 착각하고 왜곡하고 분별하여 왔을지 돌아보고 참회하는 마음으로 하루를 보낸다. 지나가야 하는 것들을 나 혼자 짓고 부수고 하면서 나의 상을 만들어 그 시야로 살아온 세월을 반성한다.

2017. 9. 12.

무엇이 우리를 멀어지게 하나

잠들지 못하는 밤이면 아쉬움만 어른거린다. 손전화로 문자 몇 개 날린다. 뒤미처 벨 소리가 울리면 둘째, 문자 오는 소리면 첫째다. 벨 소리가 울리자 잽싸게 전화기를 집어 든다. "집이니?" 퇴근 중이란다. 가슴에 싸한 바람이 지나간다. 손자들이 아빠 얼굴 못 보는 날이 더 많단다. 느림의 미학을 좋아하는 작은아들이 뭉그적거리다 시간에 걸려 넘어질까 봐 마음이 쓰인다.

피붙이를 만날 확률이나 낯선 이웃 가까워질 확률이나 별반 다르지 않다. 일 년에 두세 번도 욕심인가. 큰 명절에는 만나 보겠지! 하는 기대가 무너지면, 명절이 있어 날 우울하게 하는 세상이 야속하다. 집안에 행사가 있어 오랜만에 만나는 4촌이 그저 밍밍하다. 사람답게 살고 싶은 마음이 사치가 되어버린

　　　　　　　　　　　　　　　　　　　　죽어서 삼일

사회 구조가 숨통을 조여 온다.

무엇이 우리를 점점 멀어지지 만드나. 한참 뛰놀아야 하는 초등학생도 학원에서 학원으로 무한경쟁의 속으로 내몰리고 있다. 부모는 부모 대로 죽도록 일을 해야 살아남을 수 있으니, 자식을 학원에 내팽개칠 수밖에. 아이는 어쩌다 틈만 나면 핸드폰에 빠져 영혼도 팽개쳐 버릴지경이고, 허기지면 썰렁한 텅 빈 부엌에서 라면으로 허기를 채운다. 이렇게 가족 간에 유대가 삭막해지다 보면 아이들을 따로 분리해 돌보는 기관이 생길지도 모른다는 위기감마저 든다. 놀이터엔 아이들이 없다. 아이들을 기다리던 시소가 하품하고, 늘어서 있는 운동 기구들이 기다리다 지쳐 늘어져 있다. 아이들은 학교에서 곧장 학원으로 직행한다. 부모가 짜 맞춰 놓은 시간대로 뱅뱅 돈다. 더러는 빈집이 무섭고 학원도 싫은 아이는 공원에서 서성이거나 골목길에서 주머니를 털리기도 한다.

그래도 우리 아이들(4, 50대) 초등학교 시절에는 어둑해지면 엄마가 아이들을 찾으러 다녔다. 지금 아이들은 친구 만나서 놀 시간도 없다. 가족이 식구가 아니라 하숙인이나 다름없다. 한 상에 둘러앉아 함께 밥 먹어 본 지가 언제였었는지 기억조차 희미하다. 그러다 보니 얼굴 마주치기도 서먹하다. 밥상머리 교육을 받을 시간이 없는 이 아이들이 자라서 부모가 되면 아이를 어떻게 기를까? 획기적인 공동교육정책을 펼쳐 사람다운 사람으로 자라도록 애쓸까? 아니면 따뜻한 포옹을 모르는 그들이 학교연합 공동체를 만들어 기계 같은 아이들로 자라게 할지도 모르는 일이다.

무엇이 우리를 이토록 멀어지게 하는가. 피의 회로로 이어진 사촌, 육촌이 어디에 사는지도 모르는 게 현실이다. 길에서 부딪쳐 시비가 붙어도 혈육인지도 못 알아보는 세태를 탓할 수도 없다. 어쩌다 사람답게 사는 방법을 잊어 가니 누굴 탓하리. 이 세상 끝마치는 날 장례식장에서 영정으로 웃으며 인사하는 일만 남은 듯싶다.

과학이 눈부시게 드러나는 작금이니 저승과 이승이 전화가 가능한 그 날이 오지 않을까?

두 세기 전만 해도 3대가 한집에서 옹기종기 살던 대가족제도가 그리워지는 요즘이다.

  죽어서 삼일

애들아, 고맙다. 너희들과 함께라서

태풍 마이삭이 여름 몇 자락 걷어 갔나 보다. 태풍이 한반도를 빠져나간 이른 아침 옥상에 올라가니 공기가 다르다. 올여름 긴 장마와 눅눅한 된더위에 넌더리가 났었는데, 가을에만 맛볼 수 있는 사이다 같은 공기가 얼마나 반갑던지. 초록이 들과 신나게 춤이라도 추고 싶다

작년까지는 30여 평 옥상에 스티로폼 상자 50여 개에 채소를 가꾸어 이웃하고 나눠 먹기도 했다. 올해는 바쁘단 핑계로 반으로 줄였다. 오이, 고추, 트마토는 우리 두 식구 먹을 만큼만 모종을 심고, 상추, 쑥갓, 들깨는 씨를 뿌렸다. 나는 오래전부터 음식물 찌꺼기를 발효시켜 거름으로 사용한다. 그래서인지 심지도 않았는데 고추 상자에 꽈리고추 싹이 올라와 눈을 맞추잔다. 마침 큼직한 화분이 있어 꽈리고추, 오이고추 1

개씩, 고구마 순 1개를 심었다. 셋이 의좋게 잘 자라 고추가 주렁주렁 열리고 고구마 넝쿨이 쭉쭉 뻗었다. 원래 조건이 좀 안 좋아도 고추는 잘 자란다. 그런데 고추를 두어 번 딴 뒤로는 고추가 제대로 열리지 않기에 거름이 부족한가 싶어 신경을 써도 왕따라도 당한 듯 점점 생기를 잃어 갔다. 고추가 열려도 쭈그러진 못난인데, 고구마 넝쿨은 제 세상 만난 듯이 싱싱하게 뻗어 나갔다.

식물의 세계도 동물 세계나 다름이 없다는 사실을 미처 생각하지 못해서 일어난 일화다. 약자는 강자에게 핍박을 당하기 마련인 세상, 고구마 뿌리가 밑에서 왕성하게 뻗으니 뿌리가 짧은 고추가 고사하고 말았다. 종족 보존을 위한 자연의 법칙을 무시했기에 고추 두 그루가 일찍이 도태되었다. 우리 사회의 일면을 보는 듯싶어 우울했다. 환경파괴로 인한 전염병과 기후변화로 힘들고 어려운 이때, 의사들의 입장만 생각하는 파업이 말이 되냐고? 툭하면 국민의 생명을 담보로 정부의 정책과 맞서는 그들이다. 10년째 되풀이되는 특권의식에서 비롯된 의사집단의 횡포를 막을 방법은 없는 것인가.

상자 농사의 한계를 경험하며, 땅이라면 얼마나 좋을까, 하는 생각을 하게 된다. 어느 해에는 감자와 고구마를 몇 개 심어봤다. 그런데 감자는 아무리 정성을 들여도 소출이 미미하고, 고구마는 물만 주어도 잘 자라더라. 시월 어느 날 고구마를 심은 박스를 바닥에 엎으니 크고 작은 고구마가 한 바가지나 쏟아졌다. 농토가 부족한 산골에서 고구마가 왜 중요작물인지 알 것 같다.

옥상에 나의 놀이터가 없었다면 요즘 같은 세상을 어찌 배겨낼 수 있었을까? 매일 몇 차례씩 올라가도 초록이 들은 발소리를 알아채고 반색을 한다. 눈 맞춤이라도 하다 깜박해 가끔은 냄비를 태워 소동이 벌어지기도 한다. 오이는 밤새 얼마나 컸는지, 꽈리고추는 딸 것이 있는지, 상추는 잘 자라고 있는지, 살펴보노라면 시간은 잘도 간다. 올해는 장마가 길어서 상추가 밥상에 못 오른 지 한 달도 넘는다. 장마 통에도 상추씨를 뿌리고 덮어가며 겨우 싹을 틔웠는데 툭하면 짓물러 주저앉을 때마다 속이 탔다.

재작년에는 39도까지 치솟은 된더위로 채소들이 제구실을 못 했다. 땅이 아니고 4층 위 시멘트 옥상이라서 기온이 50도는 되었던 모양이다. 고추는 손가락 한 마디쯤 되고, 오이는 손가락 하나만 했다. 온난화 현상은 인간의 욕망이 한계를 넘었기에 세계 곳곳에서 재난이 끊이지 않고 있다. 자연과 인간의 전쟁에 우리는 얼마나 버틸 수 있을까? 산림은 몇 달씩 불타고, 코로나19 바이러스는 사람을 집안에 가두고, 일상을 흔들고 있다. 전염병과 싸움은 계속되리라는 학자들의 예언에 지구의 종말론은 왜 떠오르는지.

코로나19 방콕은 답답하고 짜증이 난다. 그러면 16계단을 밟고 옥상으로 간다. 초록이 들의 소리 없는 위로를 눈으로 듣는다. 그러면 난 언제 그랬냐 싶도록 마음이 편안해진다. “얘들아, 고맙다. 너희들과 함께라서.”

옥상은 나의 놀이터인데 앞으로 얼마나 더 채소를 가꾸며 살 수 있으려나.

2020. 9. 20.

죽어서 삼일

나의 문학과 수필

수필은 붓 가는 대로 쓰면 된다는 선입견이, 70이 코앞인데 수필창작 모집 광고를 보자 한 치의 망설임도 없이 평생교육원 문을 두드렸다. 어려서부터 책 읽기를 좋아해서 장르를 가리지 않고 다독했다. 아마도 내 안에 글짓기에 막연한 원이 있었나 보다. 문학과의 인연은 고등학교 때 학교신문에 글 한 편을 실었다. 그게 연이 되어 대학 백일장에서 입상했다. 평생을 한학과 한약방을 운영하셨던 할아버지는 성균관대에서 입상했다고 이 진사! 라고 불러 주셨다.

딸의 아이들 때문에 시한부로 전주로 내려왔다가, 차마 떠나지 못하고 남편을 끌어내리고 서울 촌놈이 됐다. 평생교육원에 가는 날을 기다리는 나날이 행복했다. 그런데 열심히 공부하면 수필을 잘 쓸 수 있으리라는 생각은 시간이 갈수록 불안했다. 혼자만 뒤처지는가 싶어 안간힘을 써 보지만, 대책이 없었다. 예술가는 선천적으로 타고난 사람들의 몫이듯 글쓰기도 그럴 수밖에 없다는 사실이 슬펐다. 다만 같은 길을 가는 사람들과의 인연이 좋아서 머무르고 있다. 무엇이든 열심히 노력하면 된다는 개념은 깨어지고 글을 내놓는 것이 너무 부끄러웠다.

평생교육원에서 공부한 지 일 년 만에 대한문학에 〈수탉〉으로 등단을 했다. 그렇게 시작한 지 3년 만에 어설픈 처녀수필집 《여자 나이 마흔둘 마흔셋》을 엮었다. 고희를 맞이하여, 아이들 성화로 출판된 책을 받은 날 어찌나 떨리고 부끄러운지 쥐구멍에라도 숨고 싶었다. 그러나 따끈한 책을 가슴에 안으니 갓 태어난 아기를 가슴에 안은 듯 감개무량하였다. 여러 문학단체에 가입도 하고 가끔은 지방신문이나 수필지에 기고하는 행운도 맛보기도 했다. 노인 복지관의 수필 반에서는 대표직을 맡아 문학단체를 이끌어 가며 동인지를 발간하였다.

수필 입문 10여 년 만에 두 번째 수필집 《오이밭의 새 둥지》를 출판하였다. 책의 범람 속에서 여전히 떨며 종이가 아깝다는 소리만 안 들었으면 하는 마음이었다. 읽어 주는 독자를 위

   죽어서 삼일

해 페이지는 적게, 눈의 피로를 덜어 주고 싶어 공백을 여유 있게 편집했다. 그래도 처음엔 10년쯤 지나면 누에고치에서 실을 뽑아내듯 마음만 먹으면 술술 풀릴 줄 알았다. 그러나 갈수록 태산이라더니 수필 한 편 쓰는 게 이토록 어려운 줄 몰랐다. 퇴고는 아무리 해도 부족하다는 말을 뼛속 깊이 알아 가고 있는 요즈음이다. 내가 읽어 봐도 이만하면 됐지! 하고 무릎을 칠 만한 대표 수필 한 편 쓰는 날이 오리라고 믿어 본다. 오늘도 교과서에 내 글이 실리는 날을 꿈꾸며 자판을 두드리고 있다.

인간과 비인간의 관계 복원을 위한
생활 담론들

김영(시인, 문학평론가)

☞ 삶의 본질을 깐깐하게 짚어 보다

이의 수필가를 문단에서 뵐 때마다 '예사 사람'이 아니라는 생각은 종종 들었다. 무심결에 하시는 말씀이나 행동에서 은은히 배어 나오는 그 무언가가 있는 분이셨다. 가끔 사적인 자리에서도 말을 아끼시고는 자신을 낮추시는 분이라 여간해서는 속내를 짚어 볼 수 없었다. 그러다가 이번 수필집《죽어서 삼일》의 원고를 받아 읽으면서야 그 무언가를 어렴풋하게나마 알아챘다.

수필집《죽어서 삼일》의 원고들은 철저하게 자신을 다시 점검하고 돌아보고 재조립하는 문장들로 가득하다. 이의 수필가는 또한 환경과 신앙의 문제, 그리고 사회문제까지 두루 드나

들며 생활 철학들을 다듬어서 풀어 놓았다. 향기롭게 잘 익은 한 생애가 담겨 있었다. 다 읽고 나면 정말 숙연해지고 나를 다시 성찰하는 계기가 될 듯한 작품들이 이번 이의 수필가의 원고에 차고 넘쳤다. 그중 몇 편을 감상해 보려 한다.

본질은 같은데 본연의 모습이 변하면, 우린 낯설어한다. 그래서 선입관이란 정말로 대책이 없다. 냉장고에 넣었던 걸 꺼내려고 아무리 찾아도 보이지 않을 때가 있다. 이를테면 파란 뚜껑을 덮었다는 선입관이 문제다.

〈고상의 변신〉중에서

이의 수필가의 작품들은 사물과 삶의 본질을 깐깐하게 짚어 보고 거기서 깨달음을 얻는 방식을 취하고 있다. 우리가 냉장고에서 물건을 "꺼내려고" 할 때, "아무리 찾아도 보이지 않을 때"는 이미 "선입관"이 우리를 지배해 버렸기 때문이라는 문장이다. 냉장고에서 무언가를 꺼내는 행위는 사람들이 머릿속에서 '말'이나 '행동'을 꺼내는 행위와 유비 관계라고 할 수 있다. 잘못 입력된 "파란 뚜껑"이라는 "선입관"은 잘못 인식하고 그대로 믿어 버리는 사유의 왜곡을 말하기도 하고 "뚜껑"으로 덮여 버려 더는 발전적 사고를 하지 못하는 상태를 말하기도 한다.

겉모양이 달라졌다고 본질이 바뀌는 건 아니다. 그런데 십자가가 검다고, 황금색이라고 일요일이면 얼마나 혼란스러워했나. 변신은 무죄라는데. 세상에 무엇이 옳고 그르다고 할 수 있는가? 각자의 생김새가 다르듯이 생각과 느낌이 다를 뿐인데. 왜 맨날 사서 고생을 하는지 모르겠다. 원래는 하나로 귀착될 수밖에 없는데.

〈고상의 변신〉중에서

일상생활을 할 때, 우리는 냉장고에서 무언가를 꺼내는 일도 "선입관"의 지배를 받는데 "선입관"이 우리의 정보를 왜곡하는 것은 "고상"에도 예외가 없다. 잘 알다시피 "고상"은 십자가에 못이 박힌 예수 그리스도의 수난을 표현한 그림이나 조각 등이다. 성물이어서 단지 그림이나 조각일 뿐인데도 신도들은 "고상"을 눈앞에 나타나신 예수님 보듯 대한다. 그런데 그런 "고상"도 우리가 이미 단정하고 정의 내린 일정한 범위를

　　　　　　　　　　　　　　　　　　　죽어서 삼일

벗어나면 우리는 본질이 바뀌었다고 생각하는 것이다.

실제로 성화 속 예수의 모습은 다양하게 변주되고 있다. 생각나는 대로 몇 가지 열거해 본다.

1950년 6.25 피난 시절에 군산에서 운보 김기창 화백은 '예수의 생애 30점 연작'이라는 작품을 그렸다. 운보는 예수와 제자들과 그 당시의 사람들을 갓을 쓴 선비와 한복 입은 여인들로 그렸다. 한국화한 성화는 당시로써는 파격적인 시도였다.

1999년 12월에 미국의 유명한 가톨릭 주간지 《내셔널 가톨릭 리포터》는 '새 밀레니엄 예수상'을 공모했다. 〈민중의 예수〉라는 그림이 당선되었는데 이 그림은 '실제 모델이 흑인 여자였다'라고 당선자인 재니 메켄지 화가가 밝혔다.

2000년에 중국 화가가 그린 '그리스도의 탄생'이라는 그림 속 예수의 모습은 중국인이다. 이렇게 다양한 인종의 모습을 하고 있다고 해서 '예수'의 본질이 변할 리 없다. 오히려 더 가까이 그리고 더 친밀하게 '예수'를 받아들일 수 있게 해주는 것이다.

〈고상의 변신〉은 우리가 생각하지 않고 보고 듣고 했던 일에

붙잡혀 사물의 본질을 짚어 내지 못하거나 진실을 왜곡하는 현
상을 말한 글이다. 영혼을 의지하고 우리를 구원해 주리라고
굳게 믿는 예수님에 관한 생각도 "선입관"이라는 자기 확신에
사로잡혀 예수님의 참모습을 보지 못한다는 말이다.

이런 심대한 말들을 이의 수필가는 생활 속에서 적절한 글감
을 찾아서 쉽고도 깊은 사유로 독자들을 이끌고 가는 것이다.

이런 사유를 기저로 한 이의 수필가의 다른 작품을 감상해
보자.

첫째 나는 주위를 좀 살폈어야 했다. 내 의도만 중요했고
내 성실함, 책임감, 최선만이 있었다. 나는 진실했고 내 자
세는 매우 겸손했으며 내가 할 일은 다 마무리했다. 이것이
나의 삶의 틀이자 핵심 그리고 습관이었다. 내 안에서 온
힘을 다해 살았기에 타인, 가족, 이웃에게 결과의 책임을
묻고는 했다. 직접 논쟁하지는 않았어도 나는 언제나 내가
할 일에 최선을 다했고, 진심이었다. 결과가 적절치 않았을
때는 타인의 자세에 문제가 있음이 너무 명확해 보였다.

〈죽어서 삼일〉중에서

 죽어서 삼일

　이의 수필가가 삶의 끄트머리에서 그간의 삶을 정리하고 돌아보는 글이다. 위의 짧은 인용문에는 "성실함", "책임감", "최선", "진실", "겸손", "진심" 등 이의 수필가의 삶의 지표 내지는 인생 평가의 항목이랄 수 있는 단어들이 많이 들어 있다. 이는 우리 모두의 지표 또는 항목이라고 봐도 무방할 만큼 너무 많이 들어 본 단어들이다.

　우리 생명 유지에 필수요소인 '물'이나 '공기'가 색깔이나 맛이 있다면 어떨까? 상상할 수 없는 상황이 벌어질 것이다. 그래서 절대적인 것들은 따로 색깔이나 형상을 짓지 않는다.

　우리는 모르는 사이에 독하고 자극적인 말에 중독되어 가고 있다. 홍수처럼 쏟아지는 광고와 정보들은 말의 경제적 원칙을 악착같이 고수하기라도 하듯, 우리들의 귀와 눈을 자극으로 범벅하고 있다. 이런 시기에 이의 수필가가 긴 생애를 돌아보는 작가만의 도구, 혹은 기준은 어려서부터 너무 흔하게 들어서 이제는 들어도 별 자극이 없는 단어들이다. 마치 '물'과 '공기'처럼 너무 당연하고 너무 필수적인 요소여서 귀하다는 생각을 잊고 산 단어들이다.

언제부터인가 죽음을 어떻게 맞이할 것인지? 구체적으로는 육신의 처리 문제에 대하여 생각에 잠기곤 한다. 나는 화장과 매장에 대해 오랫동안 고민을 하고 있다. 1000도에 가까운 화장로에 들어간 육신이 재가 되고 나면 나의 의식은 어디에 있을 것인가? 하는 질문을 늘 던지곤 한다. 몸이 없어진다고 몸을 의식하였던 의식이 없어질까? 뇌의 신호가 없어진다고 정말 이를 바라보고 있는 주체가 없다고 할 수 있는지? 뇌는 의식의 신호를 몸의 감각과 생각으로 표현하는 전달자로 인식하는 것이 맞는다고 생각한다. 이는 뇌 과학의 연구가 긴 세월 동안의 천문학적 연구비를 투자하였지만, 아직도 초보 단계로 많은 영역이 미지수로 남아 있음은, 전산망 같은 뇌 신경이 주체가 아니라 영적 존재가 이의 주체임을 수용하지 않음으로 뇌 과학이 점점 어려운 영역이 되는 것이 아닌가? 생각해 본다.

〈"공즉시색"을 회상하며〉중에서

"육신이 재가 되고 나면 나의 의식은 어디에 있을 것인가?"라는 질문이 이 글의 중심문장이다. 이의 수필가는 "죽음을 어

　　　　　　　　　　　　　　　　죽어서 삼일

떻게 맞이할 것인지?”를 생각하며 “화장과 매장에 대해 오랫동안 고민”한다. 왜냐면 마지막까지 남아 있을 “나의 의식”에 대한 궁금증 때문이다.

〈21그램〉이라는 영화가 있다. 이 영화에서 사람이 죽으면 즉시 몸무게가 21g이 줄어든다고 한다, 그래서 21g을 ‘영혼의 무게’라고 한다. 신기한 일은 동물은 죽어도 무게가 감소하지 않는데 사람은 숨이 떨어지는 즉시 ‘21g’이 감소한다고 한다. 사람을 ‘만물의 영장’이라고 말하던 시절이 있었다. 오직 사람만이 영혼을 가지고 있고 고도의 사고를 하므로 ‘신의 창조물 중에서 사람이 으뜸이’라는 말이다. 죽는다는 것은 사람에게서 영혼이 빠져나간다는 말이다. 그래서 사람이 죽는 즉시 감소하는 21g을 영혼의 무게라그 하지 않았을까? 그렇다고 동물에게는 영혼이 없을 것이라고 단언하지는 않았지만, 사람만 감소하는 ‘21g’은 사람의 영혼이라고 추론할 수밖에 별다른 증명 방법을 찾지 못한 것이다.

이의 수필가는 “육신이 저가 되”는 상태를 ‘공空’이라고 했다. “뇌의 신호가 없어진다그 정말 이를 바라보고 있는 주체가 없다고 할 수 있는지?” 의문을 제기하면서 “뇌는 의식의 신호를 몸의 감각과 생각으로 표현하는 전달자"일 뿐이라고 한다. "뇌" 대신 인간에게만 있는 "영적"인 것이 있다고 생각한다. 우리에게 영혼이 없다면 인간과 동물은 어디에서 변별력을 가질 것인가? 물론 직립보행부터 수많은 가시적 차이점들이 있지만, 인간이야말로 "영적 존재"라고 할 수 있다. 신앙인으로서 영혼과 육신에 대한 이의 수필가의 신념을 나타낸 부분이라고 할 수 있다.

이제는 허리가 구부러져서 곳곳이 걷기도 어렵다. 이제라도 내 욕구를 인정하고 받아 주려고 한다. 비록 등과 허리는 굽었지만 내 삶의 원동력이 되는 욕구 소망 꿈을 인식하고 한 자 한 자 글을 쓴다. 이 글은 내 젊은 날의 보상이고 세상을 향해 날고자 하는 나의 용기이다.

나는 지금 남은 삶 동안 솔직하고 용기 있는 자이고자 한다.

〈죽어서 삼일〉중에서

이의 수필가는 근대사에서 4.19와 같은 격랑을 한 몸에 겪

은 분이다. 역사의 도도한 물결에서 개인은 아무런 저항도 못
하고 그냥 휩쓸려 가는 가랑잎과 같다. 역사가 개인의 삶을 좌
지우지하는 일은 지금도 마찬가지다. 그런데 개인보다는 집단
을 우선하던 격랑기에 여성의 꿈은 남성에게 밀리거나 집안에
밀려 접어야 했다. 어린 시절에 영특하고 지혜로웠다는 이의
작가도 역사의 물줄기를 거스를 수는 없었다. "소녀 가장 같
은"(〈죽어서 삼일〉 중에서) "옥죄는 상황"(〈죽어서 삼일〉 중에
서)에서 "결혼"으로 도피할 수밖에 없었다. "어린 자아는 이때
부터 왜곡되고 구부러지는 법을 배"워야 했던 과거를 아쉬워
한다. 배우고 싶다고 솔직하게 말하지 못하고 용기를 내 보지
못한 아쉬움을 토로하고 있다.

이의 수필가가 "이제는 허리가 구부러져서 곳곳이 걷기도 어
렵다"라고 말한 위 문장은 이제는 몸이 불편해지는 노년기를
이야기한 것이다. 이런 중에도 이의 수필가는 문단의 문학 모
임에 열심히 참석하여 어린 시절의 자아 대신 부지런히 공부하
고 주위 사람들을 격려한다.

셋째 나를 이 세상에 보내 주신 하느님의 뜻은 나의 인연

과 사랑하고 늘 감사하며 살아 보라는 것임을 안다.

〈죽어서 삼일〉 중에서

신이 허락하신 생명을 누리는 동안 이의 수필가는 "사랑하고 늘 감사하며" 살 것을 다짐한다. 삶의 본질을 이미 알아 버린 이의 수필가는 어떤 철학자의 명상록보다 더 설득력 있게 우리를 이끌고 있다. 그러나 타자가 보는 이의 수필가는 늘 "진실" 하고 "겸손했"으므로 남은 날이 "사랑"과 "감사"로 가득하리라 믿는다.

☞ 너와 나를 연결해 주는 사북

이의 수필가는 사람으로서의 책무 중 하나가 인간과 인간, 인간과 비인간의 연대 내지는 공존이라고 생각한다. 다음의 작품에서 이의 수필가의 이런 생각을 엿볼 수 있다.

자기가 있다는 의식이 생긴 시점부터 우리는 오징어 게임을 한다. 자기가 있으니 타인이 있고 그들과 공동의 자기

 죽어서 삼일

연대가 생기는 순간 타인과의 공동의 연대에 대한 오징어 게임을 한다.

〈오징어 게임〉중에서

이의 수필가는 〈오징어 게임〉에서 타인과의 공동 연대를 이야기한다. 이 수필가의 글처럼 "우리는 오징어 게임을"하는 일상과 시스템 안에서 살고 있다. 이 수필가는 인간으로서의 존재 의식을 인지한 후부터, 정확히는 "의식"이라는 "영적 존재"를 인식하고부터는 "타인과의 공동의 연대에 대한 오징어 게임을 한다."라고 서술하였다. 사람이 살아 있는 한 벗어날 수 없는 사회현상과 인간 상호작용에 대한 소회를 서술해 놓은 문장이다.

왜 자연은 우리에게 바다의 속살을 보여 줄까? 바닷물 속에도 육지나 마찬가지로 다양한 생물이 살아가고 있다고 알려 주려고? 지구상의 생물의 생살여탈권을 쥐고 있는 인간들에게, 바다도 너희가 사는 육지와 다름이 없으니 서로 보호하며 함께 가자는 의미가 아닐까? 우리는 바다를 이용하기보다 바다와 함께 공존해야 미래가 있다. 인간들에 의해 고통을 당하고 아파하는 바다를 치유해 온전한 바다로 되돌려야 한다. 건강한 지구를 후손에게 남겨 줘야 할 책임과 의무를 다해야 하리라.

〈무창포에 가다〉 중에서

이의 수필가가 연대 내지는 공존의식의 책무를 가진 것은 사람뿐만이 아니다. 인간 중심에서 벗어나 이제는 비인간도 인간과 평등한 존재라는 사실을 지각하기 시작한 것이다. 이는 오랜 사고와 철저한 자기반성을 기반으로 비로소 가능한 인식들이다.

위 작품에서도 이의 수필가는 "바다"를 "이용하기보다 바다와 함께 공존해야"하는 대상으로 인지하고 있다. "인간들에 의해 고통을 당하고 아파하는 바다"를 이제는 인간이 "치유"해 주어야 한다고 설파하고 있다. 이 작품에서 "바다"는 인간의 삶에서 제외할 수 없는 자연을 대표하고 있다.

"나"와 "너"가 결국은 하나임을 인식한다면 드러내고

　죽어서 삼일

자 함이 아무 의미 없음을 바로 인지할 것이다. 결국은 "공즉시색" "색즉시공" 있는 것과 없는 것은 구별됨이 없으며 그냥 이 순간의 삶이 있을 뿐이며, 선택의 주체로서 있을 때 가장 자연과 가까운 상태라고 할 수 있다.

〈"공즉시색"을 회상하며〉 중에서

앞에서 말씀드렸듯이, 이의 수필가는 사람과 사람의 연대와 공존을 넘어 인간과 비인간의 연대와 공존을 이야기한다. 이런 이의 수필가의 생각을 엿볼 수 있는 작품이 〈"공즉시색"을 회상하며〉다.

"나"와 "너"가 결국은 하나임을 인식" 하라는 문장 속의 "나"는 인간을 지칭하고 "너"는 인간 이외의 모든 물상 즉, 비인간을 통칭하는 말이다. 《인간 없는 세상》이라는 책이 있다. 이 책에서는 인간이 만물의 영장이라고 하는 말이 얼마나 얼토당토않은 착각인가를 잘 설명하고 있다. 비인간과 인간이 왜 평등한가도 잘 설명해 주고 있다. 우리와 공존해야 하는 자연물에 새삼 경외심마저 갖게 한다. 이의 수필가는 인간과 비인간이 "하나임을 인식"하는데 아주 중요한 단어를 작품 한 편으로 설명하고 있다.

　사북이란 단어도 우리말 사전을 뒤적이다 우연히 눈에
띈 단어다. 가장 요긴한 것, 물건의 가장 중요한 부분, '쥘부
채의 아랫머리나 가위다리의 교차한 곳에 못과 같이 박아
서 돌쩌귀처럼 쓰이는 물건'의 이름이다.

(중략)

　사북은 이름은 고사하고 아무도 눈여겨보는 사람이 없
어도 제 의무를 다하기 위하여 묵묵히 낮은 자세로 제 할
일을 한다. 이런 사북의 모습을 닮은 사람들이 천직으로 알
고 자기 몫을 충실히 하기에 이 세상은 돌아가고 불편한 줄
모르고 살고 있다. 혹한의 새벽에 빗자루를 들고 거리를 쓰
는 미화원, 음식점의 설거지 담당, 냄새나는 쓰레기를 묵묵
히 치워 주는 쓰레기차, 꼭두새벽의 신문 배달원, 급한 사
람들을 돕는 퀵 서비스. 만일 이렇게 낮은 자리에서 수고하
는 이들이 파업이라도 한다면 사회라는 톱니바퀴가 제대
로 돌아갈까?

〈사 북〉중에서

　　　　　　　　　　　　　　　　죽어서 삼일

한 개의 단어가 한 작품의 제목이 되는 일은 쉽지 않다. 이의 수필가에게는 "사북"이라는 단어가 그만큼 중요한 단어라는 뜻이다. 중요하다는 것은, 이의 수필가 개인에게 중요하기도 하겠지만, 이번 작품집 《죽어서 삼일》에서 아주 중요한 역할을 하는 단어라고도 할 수 있다. 실제로 "사북"이라는 단어는 "가장 중요한 부분을 비유적으로 이르는 말"로 "부챗살이나 가위다리의 교차된 부분에 못과 같이 박혀서 돌쩌귀처럼 쓰이는 물건"이라고 국어사전에 풀이해 놓고 있다.

이의 수필가는 "사북"의 예로 "가정에도 꼭 그 자리에 있어야 하는 사북 같은 구심점이 바로 어머니다."(〈사 북〉 중에서)라고 서술해 놓았다. 어머니는 가족 구성원의 중심이면서 구성원 간의 접착제 역할을 한다. 어머니라는 구성원이 그런 역할을 할 수 있는 가장 큰 이유는 가족을 사랑하는 마음이다. 그래서 작가는 이 작품을 "고로 사랑은 모든 만물의 사북이 아닐까!"라고 마무리했다.

인간과 비인간이 공존하는 일은 꼭 해야 하는 인간의 책무다. 그 책무를 성실하고 완전하게 수행하려면 "사랑"으로만 가능하다. "사랑"은 인간 사이의 "사북"도 되고 인간과 비인간

사이의 "사북"도 된다. 결론적으로 말하면 인간과 비인간, 인간과 인간, 즉 생명이 있는 모든 것들은 서로 사랑하라는 말이다. '네 이웃을 네 몸같이 사랑하라'라는 성경의 한 구절이 생각나는 글이다.

☞ **내가 세상을 위하고 세상이 나를 위하고**

이의 수필가의 작품 속에서 "사북"으로 하나가 된 인간과 인간, 인간과 비인간은 이제는 더는 생존을 위해 경쟁하거나 타자를 해치지 않는다. 아래의 작품을 들여다보자.

나는 지금 이 자리에서 면벽하고 기도를 하고 있다. 나의 테두리, 자아에 대한 틀을 쳐다보면서 세상을 위하여 나의 내면의 청소를 하고 있다. 나는 소우주인 듯하다. 내가 청소되고 나의 수많은 자아가 충돌을 이해하고 조화를 이룸을 바라보고 있다. 내면의 잦은 소리가 사라져 가는 흐름에서 테두리 밖의 세상은 또한 이를 반영하여 같은 상황을 보여 주고 있다. 다름을 인정하고 공존하면서 최선의 대안을

 죽어서 삼일

제시하는 공동체로 이루어지는 민주사회의 세상을…

내면의 시끄러운 소리를 조율하고 설득하는 것과 동일한 세상의 돌아가는 방식.

내가 세상인가? 세상이 나인가?

〈2024년 12월 3일 밤 11시〉 중에서

작가는 "나는 지금 면벽하고 기도를 하고 있다."라고 고백하고 있다. 작가가 말하는 "나는 지금"은 윗글의 제목인 〈2024년 12월 3일 밤 11시〉다. 굳이 명토 박아서 말하지 않아도 우리나라 전체가 격랑에 휩싸인 최근의 일이어서 누구나 짐작이 가능한 사건이다. 이런 사건을 겪는 이의 수필가는 "기도를" 먼저 찾는다. 그 기도는 "다름을 인정하고 공존하"는 바람을 담은 기도이면서 "공동체로 이루어지는 민주사회"를 위한 기도다.

그런데 이의 수필가는 위와 같은 기도를 드리기 전에 먼저 "세상을 위하여 나의 내면의 청소를 하고 있다"라고 고백하고 있다. 그 이유는 같은 작품의 다음 구절에 상세하게 묘사되어 있다.

오늘의 계엄령이 있기까지 나는 현 사태, 시대적 상황에서 무슨 자각을 가지고 살아왔는지?

정치는 나랑 상관없다고 여기고 있던 것은 아니었는지?

정치인과 위정자들을 위한 기도는 제대로 드려 왔는지?

나의 바람과 기도는 다분히 가정과 친지를 벗어나지 못하는 지나칠 정도로 소박한 것은 아니었는지?

모든 것이 연결되어 있음을 알 때 나의 작은 자각과 기도는 하나의 나비의 날갯짓이 태풍을 불러일으킬 수 있음을 또한 인식하고 있는데 이 국가적 상황은 나 개인의 책임으로 와닿아야 하는 것이 아닌가?

〈2024년 12월 3일 밤 11시〉 중에서

이의 수필가는 〈사 북〉에서 인간과 비인간은 사랑이라는 "사북"으로 하나가 된다고 언술했다. "모든 것이 연결되어 있음을 알"아야 서로의 소중함을 느끼게 되고 운명공동체라는 사실도 인지하게 된다. 그러므로 우리나라를 휩쓴 "국가적 상황은 나 개인의 책임으로 와닿아야"한다고 서술한다. "나 개인의 책임"이란 무엇일까? 이에 대해서도 이의 수필가는 자세히 설명하

죽어서 삼일

고 있다.

그 첫째는 "나는 현 사태, 시대적 상황에서 무슨 자각을 가지고 살아왔는지?"라고 자신을 반성한다. 이에 대한 구체적 언술로 "정치는 나랑 상관없다고 여기고" 살지 않았는가? 라는 물음을 자문하고, 이어서 "정치인과 위정자들을 위한 기도" 드려 왔는가에 대해 스스로 점검한다. 마지막으로 "나의 바람과 기도는" "가정과 친지를 벗어나지 못하는" 기도였는가를 되짚어 본다. 이는 수필가 자신이 너무 개인의 안락함이나 생활을 영위에 목적을 두고 기도하며 구하지 않았는지를 반문하는 일이 되기도 하고, 타자에 대한 사랑의 정도를 점검하는 시간이 되기도 하는 것이다.

이 몸의 주체는 의식이라그 할 수 있다. 의식이 좁은 사람은 좁은 범주, 즉 "나" 중심적으로 결정하고 몸을 활용하고, 의식이 큰 사람, 즉 대아를 가지그 사는 사람은 여러 사람의 동의와 심중을 헤아린 넓은 범주의 방향성을 가지고 움직인다. 나와 너의 간격은 몸을 통하여 구별되지만, 의식은 하나로 뭉쳐질 수 있다. 하나의 목적과 이상을 가질 때

동지가 되고 가족이 될 수 있으며 이를 위하여 살아갈 때 남을 위하는 것이 곧 나를 위하는 것임을 몸으로 구현할 수 있는 것이다. 세상을 위한 한걸음이 결국은 나라는 작은 개인을 위한 결정이었음은 우리는 작은 실천을 통하여 너무 잘 알고 있다.

〈"공즉시색"을 회상하며〉중에서

"공즉시색空卽是色"이라는 말을 범박하게 표현하면 '공空은 색色이다'라는 말이다. 이 말은 '너는 나다'와 같은 말이다. 또 이 말은 '사람과 자연은 하나다'라는 말과도 같다. '너'와 '나' 또는 '인간'과 '비인간'은 서로 다르지만 둘이 아니다. '불이不二', 즉 둘이 아니라는 말은 '하나'라는 말이다. 이의 수필가는 이런 상태를 작품 안에서 "나와 너의 간격은 몸을 통하여 구별되지만, 의식은 하나"라고 표현했다. '너'와 '나'는 몸이 각각 달라서 둘이지만 "사북"의 역할을 하는 '의식'의 작용으로 하나로 연결된다는 말이다.

그러므로 이의 수필가는 "세상을 위한 한걸음이 결국은 나라는 작은 개인을 위한 결정"이라고 말한다. 사실 둘이 아닌 하

　　　　　　　　　　　　　　　　죽어서 삼일

나라는 것은 서로 본질이 같다는 것이다. 서로 본질이 같다면 그것은 '나'는 '너'고 '색'은 '공'이다.

　현관문을 열고 들어서면 마주 보이는 액자, 아이가 엄마를 반기듯 환하게 다가온다. 나도 모르게 입꼬리가 올라가고 뇌도 밝아진다. 웃을 일이 별로 없는 일상이었는데, 밝고 긍정적인 그녀를 닮은 선물이 집안을 밝은 기운으로 가득 채우고 있었다. 난 누구의 마음에 밝은 빛을 밝혀 준 적이 있었는지. 아무리 생각을 해도 나만의 세계에 갇혀서 자기중심적인 생활을 하지 않았나 싶다. 반세기가 넘도록 함께한 옆 남자에게 미안하다. 지금부터라도 그를 위하여 혼자서라도 웃는 연습을 해야겠다. 그러노라면 액자를 닮아 가겠지.

〈그림 한 점〉중에서

러시아 민담 한 토막이 생각나는 글이다.

어떤 여자가 그림을 벽에 걸었다. 걸어 놓고 보니 벽이 그림과 어울리지 않았다. 그래서 벽지 도태를 다시 했다. 도배하고 보니 이번에는 가구가 어울리지 않았다. 다시 가구를 그림에 맞게 바꾸거나 재배치했다. 그러고 보니 집이 남루해 보였다. 집을 청소하고 페인트칠을 다시 했다.

대강 위와 같은 줄거리였다. 필자는 어렸을 때 저 부분을 읽으면서 그림 한 점이 가지고 오는 파장이 대단하다고 느꼈다. 앞으로 저 이야기 속의 여자는 언행도 조심하고 행동거지도 그림에 맞게 고상할 것이다.

변화는 아주 작은 곳에서 시작한다. 위 작품 속의 이의 수필가도 그림 한 점을 집에 걸어놓은 후부터 달라지는 자신을 발견하게 된다. "입꼬리가 올라가고 뇌도 밝아"지는 것이다. 그 변화의 파장은 마침내 "나만의 세계에 갇혀서 자기중심적인 생활을" 한 자신을 성찰하는 데까지 번진다.

☞ 이것과 저것이 모두 나였다

이의 수필가는 환경에 지대한 관심이 있다. 이번 작품집 안에는 여러 양태의 환경보호에 관한 이야기들이 많이 수록되어 있다.

　　　　　　　　　　　　　　　　　　죽어서 삼일

조류학자의 메스가 앨버트로스의 모이주머니에서 만난 것은 인간의 생활용품 잔해였다. 어미들이 바다에서 힘들게 물어다 먹인 찌꺼기가 앨버트로스의 둘레를 삥 두르고도 남을 정도다. 난 분리수거만 잘하면 되는 줄 알았는데, 과학의 발달은 자연과 생명체를 죽이고 있었다. 생각 없이 쓰던 플라스틱이 전혀 편해 보이질 않는다. 바다로 흘러 들어간 플라스틱은 조류에 의해 태평양으로 모여든다. 한반도 크기의 17배보다 큰 플라스틱 쓰레기 섬이 생겼다고 한다. 플라스틱은 햇빛과 파도에 의해 찢기고 부서져 크기가 점점 작아지겠지. 작은 조각이 물 위를 떠다니면 해양 생물체들이 먹이로 알고 주워 먹는다. 이 쓰레기가 어디엔들 안 가겠나.

〈썩어야 산다〉 중에서

"조류학자의 메스가 앨버트로스의 모이주머니에서 만난 것은 인간의 생활용품 잔해였다"라는 문장은 읽는 순간 우리의 가슴을 쿵 내려앉게 한다. 보통 사람들은 이런 환경 문제에 조금이라도 조력하고자 일회용품을 안 쓰고 쓰레기를 분리해서 버린다. 이의 수필가도 "분리수거만 잘하면 되는 줄 알"고 열심히 실천한다.

그러나 "태평양"에는 "한반도 크기의 17배보다 큰 플라스틱 쓰레기 섬이 생"겨 버렸다. 더는 "플라스틱이 전혀 편해 보이질 않는다"라고 느꼈다. 이런 상황을 조금이라도 늦춰 보려고 부동산 임대업을 하는 이의 수필가는 "오늘도 아침 일과인 재활용 분리수거장에서 상자의 테이프와 손톱 인사를 했다."(〈작은 관심이 지구를 지킨다〉 중에서)라고 말하고 있다.

《인간 없는 세상》을 쓴 앨런 와이즈먼의 말을 빌리면 "플라스틱이 자연분해가 된 경우가 아직 까지는 없"다고 한다. 이는 "플라스틱을 소화하는 미생물"이 아직 나타나지 않았기 때문이라고 한다.

플라스틱으로 죽어가는 것은 또 있다. '벌'이다. 요즘은 정말 벌을 보기가 힘들어졌다. "3월 말 1번 블루베리가 꽃을 활짝 피워도 한 마리의 벌도 볼 수가 없었다."(〈꿀벌은 어디로 갔을까〉 중에서) 꽃이 피어도 벌이 오지 않으니 충매화에 속하는 꽃들은 가루받이할 수가 없게 되었다. 그러니 열매도 안 열릴 수밖에 없다. 열매가 안 열리면 인간 생활이 힘들어질 것이며 생활이 힘들어지면 사람들은 경제적 이익을 위해 난개발을 할 것이고, 그리되면 다시 환경은 망가질 것이다. 벌이 보이지 않는 현상은 결국은 세상 전체를 위험하게 만든다는 경고를 이의 수필가는 하는 것이다.

이의 수필가의 환경에 대한 의식은 보통 사람들보다 훨씬 정도가 높고 깊다. 이번 작품집 안에도 〈꿀벌은 어디로 갔을까〉, 〈물의 고향 바다〉, 〈새 플라스틱 시대가 열릴까〉, 〈작은 관심이 지구를 지킨다〉, 〈썩어야 산다〉, 〈인더 더스트〉 등 여러 편이 있다. 이는 그만큼 이의 수필가가 환경보호를 성실하게 실천하고 비인간으로 통칭하는 자연을 진심으로 사랑하고 아낀다는 것이다.

나는 무엇을 보고 있는가? 질료를 느끼려면 나를 회개하든 버리든 나라는 인식보다는 그냥 바라보아야 할 필요가 있다. 나를 들고 바로 보지 말고 그냥 바라보기, 그러면 질료가 느껴지고 나조차 질료일 뿐임을 느껴진다.

〈질료〉 중에서

　이의 수필가의 생활철학은 '나'라는 존재를 진즉 넘어선 듯하다. '나'라는 아집을 지우고 나면 깨달은 '나', 세상과 하나 된 '나'조차도 이젠 없는 경지에 이른다. 보통 '나를 비운다'라는 말은 많이 사용한다. '나를 비운다.' 라는 말은 포기하거나 없앤다는 말이 아니다. '나를 비운다.'라는 말은 욕심을 부리지 않거나 주장하지 않는다는 말이 아니다.

　그러면 '나를 비운다.'라는 말의 진정한 의미는 무엇일까? '나'를 비우려면 우선 타자에 대한 판단분별을 금지해야 한다. 그리고 나를 내려놓아야 한다. 결론적으로 말하면 '나를 비운다.'라는 말은 '상대를 있는 그대로 인정한다'라는 말이다.

　위의 문장은 '나를 비운다'라는 사유가 담긴 글이다. 이의 수필가는 "나를" "그냥 바라보"라고 당부한다. "그냥 바라"본다는 말은 내 생각과 욕심 따위는 아예 일어나지 않는 것이다. 내 처지에서 나를 바라보지 말고 우주의 구성체로서 나를 바라본다는 것이다. 그런 자세로 나를 바라보면 "나조차 질료일 뿐"이라고 느끼는 순간이 오게 된다. 깨달음의 순간이다.

　이 문장에서 '질료'의 뜻은 '어떤 사물의 바탕이 되는 재료'라고 볼 수 있다. 인간이 만물의 영장이라고 우기면서 비인간의 주체자 내지는 통치자 노릇을 하는 이유가 인간 중심적 사고 때문이다. 아집을 버리고 "그냥 바라보"면 인간도 그저 우주나 그 밖의 다른 물상들을 구성하는 하나의 "질료"일 뿐이라고 깨닫는 순간이 찾아온다.

나는 그 무엇이 아니라 상태로 표현하는 것이 적절하다. 우리는 정의 내리기에는 계속 변하며 무엇 하나 보존되는 것이 없어 보이는 일종의 그때그때의 상태이다. 즉 "I am XXXX"는 순간순간 다르게 표현될 수 있다. 이 뜻은 나는 내가 무엇이라고 생각하는 그 이미지 혹은 상태인 것이다.

〈질료〉중에서

이의 수필가는 〈질료〉라는 작품 안에서 "그냥 바라보기"나 "질료" 그리고 "상태", "이미지"를 모두 동의의 개념으로 사용하고 있다. '무엇'인가를 이야기하지 말고 "상태"를 말하라는 언술은 '나는 어떤 사람이다'라는 인식을 벗어나라는 말이다. 이는 스스로 자신의 범위를 한정하고 더는 확산하거나 해체하려고 하지 않는 습성을 버리라는 말이다.

　이의 수필가는 "아무것도 아닌 어떤 상태, 즉 믿기 어려운 유동적인 존재"(〈질료〉 중에서)가 인간이라고 말하며 이런 유동적인 존재를 어떻게 단정을 지어서 표현하지 말라는 것이다. 그야말로 인간 중심 혹은 자기중심의 사고를 송두리째 뒤흔들어 우리를 다시 스스로 성찰하게 하는 선언이다.

　이의 수필가의 이번 작품집《죽어서 삼일》속에는 처절한 자기반성과 자기성찰이 두드러지는 작품들이 많이 있다. '정신적 입양'이라는 말이 있다. 과거의 자신을 어른이 된 자신이 다독이고 위로하면서 돌본다는 말이다. 이의 수필가는 오류를 범했거나 잘못 살았다고 생각하는 자신을 '정신적 입양'을 통해 자신의 생활을 반성하고 점검하며 발효시키고 있다. 사람과 사람 사이는 물론이고, 사람과 절대자, 사람과 자연 등의 공생에 대해 깊이 사유한 결과물이다.

죽어서 삼일

ⓒ 이의, 2025

초판 1쇄 발행 2025년 7월 2일

지은이   이의
펴낸이   이기봉
편집   좋은땅 편집팀
펴낸곳   도서출판 좋은땅
주소   서울특별시 마포구 양화로12길 26 지월드빌딩 (서교동 395-7)
전화   02)374-8616~7
팩스   02)374-8614
이메일   gworldbook@naver.com
홈페이지   www.g-world.co.kr

ISBN   979-11-388-4398-0 (03810)

- 가격은 뒤표지에 있습니다.
- 이 책은 저작권법에 의하여 보호를 받는 저작물이므로 무단 전재와 복제를 금합니다.
- 파본은 구입하신 서점에서 교환해 드립니다.

■ 이 책은 '한국 예술 복지 재단'으로 부터 지원을 받았습니다.